Rudi Müllenbach

# Velottis Spiel

Originalausgabe – Erstdruck

Für Mathilda

Rudi Müllenbach

# Velottis Spiel

Bitze und Schrader ermitteln in Bottrop

Ruhrgebiets-Krimi

Schardt Verlag

Bibliographische Information der Deutschen Bibliothek:

Die Deutsche Bibliothek verzeichnet diese Publikation in *Der Deutschen Nationalbibliografie*; detaillierte bibliographische Daten sind im Internet über *www.d-nb.de* abrufbar.



Die Handlung und die Akteure dieses Romans sind frei erfunden. Jede Ähnlichkeit mit realen Personen ist zufällig und nicht beabsichtigt.

1. Auflage 2015


Schardt Verlag
Metzer Str. 10 A
26121 Oldenburg
Tel.: 0441-21 77 92 87
Fax: 0441-21 77 92 86
E-Mail: kontakt@schardtverlag.de
www.schardtverlag.de

ISBN 978-3-89841-817-1

## Ein früher Maimorgen in Bottrop

Uwe Schmidt war Schwimmmeister mit Leib und Seele. Schon als Junge hatte er im Sommer jede freie Minute im Freibad verbracht.

Er liebte sein Bad, und die Gäste liebten und respektierten ihn. Schmidt gehörte zum Freibad wie die Bockwurst zum Kartoffelsalat.

Noch bevor die Frühschwimmer ins Bad Einzug hielten, war Schmidt da.

Auch an diesem Morgen lag Stille über dem Stenkhoffbad, als er sein Mofa abstellte und durch die kleine Personaleingangstür seine Oase des Glücks betrat. Von weitem vernahm er die Geräusche der Autobahn.

Langsam ließ Schmidt seinen Blick über das Gelände schweifen. Plötzlich hielt er inne. Er erschrak. Das kann nicht sein, dachte er, als er langsam näher trat.

Im großen Schwimmbecken, in dem in wenigen Minuten die rüstigen Rentner Bottrops ihre Bahnen ziehen wollten, trieb knapp unter der Wasseroberfläche ein Mann, der sicher nicht zum Tauchkurs der DLRG-Gruppe Bottrop gehörte.

Nein, dieser Mann würde nie wieder tauchen.

Schmidt nahm sein Handy und wählte mit zitternden Fingern die 110. Dann lief er zum Haupteingang, um auf die Polizei zu warten.

***

Vor einem halben Jahr war aus der SOKO Bottrop nach zähem Ringen mit der Kreispolizeibehörde endlich ein eigenes Kommissariat geworden.

Darauf hatte Hauptkommissar Udo Bitze lange warten müssen, aber die Ereignisse der vergangenen Jahre hatten dazu beigetragen.

„Irgendwann wird gute Arbeit dann doch belohnt", hatte Bitze seinem Kollegen Dietmar Beckbach nicht ohne Stolz gesagt.

Natürlich hatte sich ihr Aufgabengebiet erweitert, aber das war ihnen nur recht. Es musste ja nicht immer gleich um Mord und Totschlag gehen.

Vor einer Woche war es endlich gelungen, einer Gruppe Jugendlicher das Handwerk zu legen, die es auf Autos abgesehen hatte. Bitze und Beckbach hatten lange Zeit im Dunkeln getappt, ehe ihnen ein Zufall zur Hilfe gekommen war.

Als der Hauptkommissar eines Abends Richtung Kirchhellen unterwegs war, sah er in einigem Abstand einen Volvo, der extrem langsam fuhr.

Zu langsam, wie es ihm schien.

Er rief die Wache Nord an, gab das Kennzeichen durch und bat die Kollegen, den Halter des Fahrzeugs festzustellen.

Nur einige Minuten später meldete sich Polizeikommissar Harthof: „Volltreffer, Herr Kollege. Das Auto wurde heute Mittag als gestohlen gemeldet."

Bitze registrierte, dass der Volvo vor ihm deutlich schneller wurde. Er blieb dran. Ein Lächeln umspielte seine Mundwinkel, als er sah, dass der Wagen Richtung A31 fuhr, seine Richtung.

Wahrscheinlich wollte der Fahrer in Richtung Norden das Ruhrgebiet verlassen, über den „Ostfriesenspieß", wie diese Autobahn genannt wurde.

Bitze gab seine Vermutung an die Kollegen der Polizeiwache Nord weiter, die in der Zwischenzeit einen Einsatzwagen Richtung A31 geschickt hatten.

Kurze Zeit später entdeckte er den blauen Streifenwagen im Rückspiegel. Bitze war klar, dass ein Zugriff auf der Autobahn sehr schwierig und riskant sein würde, also teilte er den Kollegen mit, das gestohlene Fahrzeug zunächst mit einigem Abstand zu verfolgen, bis sich eine Gelegenheit zum Zugriff ergeben würde.

Hoffentlich wollen sie nicht bis Norddeich-Mole, dachte Bitze, denn er hatte sich den ganzen Tag auf einen gemütlichen Abend mit Ellen Schrader gefreut.

Er traute daher seinen Augen nicht, als der Volvo plötzlich vor ihm die Ausfahrt Kirchhellen nahm. Vielleicht hatte der Fahrer bemerkt, dass er verfolgt wurde.

Dann ging alles sehr schnell. Der Streifenwagen nutzte die erste Gelegenheit zum Überholen und zwang den Volvo anzuhalten.

Dann griffen sie zu.

Bitze war überrascht, dass es fast noch Kinder waren, die da aus dem Auto stiegen. Gerade sechzehn Jahre alt, wie man später feststellte. Auf der Wache im Norden Bottrops dauerte es dann nicht lange, bis die Jugendlichen alle Autodiebstähle gestanden hatten, die sie aus reiner Langeweile verübt hatten, in der Hoffnung, so den ultimativen Kick zu erleben.

Den Kick bekamen sie nicht, sondern jede Menge Sozialstunden in den Altenheimen und auf den Friedhöfen der Stadt aufgebrummt.

***

Nun saß Bitze am frühen Morgen in seinem Büro und hatte schon mal erheblich bessere Laune gehabt. Sein Unmut hatte einen Grund. Staatsanwältin Ellen Schrader, die das Kommissariat leitete und mittlerweile fast drei Jahre mit Bitze zusammenlebte, hatte sich sehr früh an diesem Tag auf den Weg gemacht, um an einem einwöchigen Kongress in Berlin teilzunehmen.

Zu allem Überfluss hatte es an diesem Morgen den ersten Streit in ihrer Beziehung gegeben, als Bitze Ellen vorgeworfen hatte, sich in letzter Zeit nur noch um ihre persönlichen Interessen zu kümmern.

„Willst du eigentlich nur noch deine Karriere oder mich vielleicht auch noch?“ Dies hatte dazu geführt, dass Ellen grußlos das Haus verließ. „Du hast doch nicht mehr alle Latten am Zaun!“, hatte sie ihm noch zugerufen.

Bitze hatte sie angerufen, um sich zu entschuldigen, aber sie hatte ihn einfach weggedrückt. Nun musste er eine Woche warten, um diese Sache aus der Welt zu schaffen. Allein dieser Gedanke machte ihn krank.

Außerdem hasste Bitze das Alleinsein.

Erst recht, seit er mit Ellen zusammenlebte. Unmittelbar nachdem sie zur Tür hinaus war, hatte ihn der Herbstblues beschlichen. Der CD-Spieler lief, und Bitze hörte „Downstream“.

Er schaltete ihn aus.

„Mach nicht so ein Gesicht“, meinte Beckbach. „Sie kommt doch wieder, und dann werdet ihr alles klären.“

Beckbach arbeitete nun schon seit vielen Jahren mit Bitze zusammen und hatte gute und schlechte Zeiten mit ihm geteilt. Er musste lächeln, als er an den Beginn von Bitzes Beziehung zu Schrader dachte. Sie hatten sich nicht sonderlich gemocht, sich das Leben unnütz schwergemacht, bis sie dann doch – bis heute konnten sie nicht sagen, wann genau dieser Moment gekommen war – ihre Liebe zueinander entdeckt hatten. Sollte diese Beziehung jetzt Risse bekommen? Beckbach konnte und wollte es sich nicht vorstellen.

Bitze setzte zu einer Erwiderung an, doch das Telefon klingelte.

POK Schnettker vom Revier Mitte meldete sich aus dem Stenkhoffbad, der Freizeit-Oase Bottrops am Rande der Autobahn.

„Wir haben hier eine Leiche für euch", lautete seine knappe Mitteilung.

„Wir kommen", sagte Bitze und legte auf.

Als die Kommissare am Freibad vorfuhren, hatten sich schon die ersten Schaulustigen eingefunden.

Bitzes Gesicht verfinsterte sich.

„Wie die Geier", knurrte er und bahnte sich einen Weg durch die Menschentraube.

„Stimmt es, dass es sich um eine männliche Leiche handelt?", rief eine Stimme, die zum Reporter des Lokalfunks gehörte, der wie immer einer der Ersten war.

Bitze überhörte die Frage genervt. Er grüßte den Beamten an der Absperrung, der mit einem Mann sprach, den Bitze nicht kannte. „Stell doch mal fest, wer das ist, mit dem der Kollege da gerade redet", sagte er zu Beckbach und ging weiter.

Schon von weitem sah er Doktor Weidenbach, den Leiter des Instituts für Rechtsmedizin aus Recklinghausen, der es jedes Mal schaffte, vor ihm am Tatort zu sein.

Der beleibte Mediziner mit dem dichten Schnauzbart hockte vor der Leiche eines Mannes mit einem hässlichen, kleinen, schwarzen Loch in der Stirn.

## Schibulski

In der Baufirma Schibulski herrschte an diesem Morgen hektisches Treiben.

Horst Schibulski, der Bottroper Bau-Mogul, bebte vor Zorn. Dabei war es nicht die Auftragslage, die sein Blut in

Wallung brachte, sondern die wiederholte Unzuverlässigkeit seines Geschäftsführers Erwin Quast.

Schibulski hasste es, wenn er sich nicht hundertprozentig auf seine Mitarbeiter verlassen konnte.

Erst gebe ich ihm einen Tritt in seinen versoffenen Hintern, und dann werde ich ihn feuern, dachte er und rief nach seiner Sekretärin Rita Blome, die seit einer Stunde versuchte, Quast zu erreichen.

Die Sekretärin eilte zu ihrem Chef. Sie wusste, dass es nichts Schlimmeres gab als einen wütenden Schibulski.

„Na, wo ist er?“, fragte der mit Zornesröte im Gesicht.

Rita Blome trat von einem Bein aufs andere.

„Tut mir leid, Chef, aber ich habe ihn immer noch nicht erreicht. Ans Telefon geht er nicht, und sein Handy ist ausgeschaltet.“

„Was fällt dem Kerl ein?“ Schibulskis Stimme wurde immer lauter. „Ich werde ihn feuern, sobald er auftaucht!“

Wutschnaubend verließ er das Vorzimmer. Rita Blome griff erneut zum Telefonhörer.

Schibulski tigerte in seinem Büro auf und ab. Quast hatte ihm in höchsten Tönen vom lukrativen Geschäft mit rumänischen Leiharbeitern vorgeschwärmt: „Willig, billig, fleißig und keine Fragen.“

Vor einer Woche hatte Schibulski den Zuschlag zum Erweiterungsbau des Hochschulkomplexes bekommen. Dafür brauchte er zusätzliche Leute. Da kam ihm Quasts Vorschlag gerade recht. Dummerweise war er aber bereits wegen fehlender Baugeräte in Verzug geraten, und die Verwaltung der Stadt hatte ihn erst gestern angemahnt, endlich mit den Arbeiten zu beginnen, sonst wäre der Auftrag futsch.

Schibulski musste handeln.

***

Bitze und Beckbach standen am Beckenrand.

„Wie zum Teufel kommt der hierher?“, fragte Beckbach.

Doktor Weidenbach schaute auf.

„Mit Sicherheit nicht zum Schwimmen.“

Bitze musste über diese Bemerkung schmunzeln.

„Und wann?“, fragte er den Mediziner.

„Ihr wisst doch, wie das geht, Jungs. Also fragt nicht immer. Wie heißt es so schön: Wenn ich etwas Genaues weiß, erfahrt ihr es sofort.“

Weidenbach stand auf und sah zu, wie seine Mitarbeiter die Leiche in die Zinkwanne legten, um sie zu seinem Arbeitsplatz mit den Seziertischen zu bringen.

Bitze trat auf Bademeister Schmidt zu, der kreidebleich in einiger Entfernung stand und immer noch zitterte. Bitze fielen bei seinem Anblick Episoden aus den legendären Auftritten des Rocktheaters Nachtschicht ein. Fritz Eckenga hätte seine helle Freude an diesem Exemplar von Bademeister gehabt. Bitze konnte sich ein Grinsen nicht verkneifen.

Früher hatte er keine Show der „Nachtschichtler“ ausgelassen, und seine Highlights waren stets der Bäckerei-Sketch und Fritz Eckenga als Bademeister der markigen Sprüche gewesen. *„Ehh! Spring nicht vonne Seite rein, Kollege. Machse dat zu Hause auch?“*

Dieser Bademeister Schmidt war auf seine Art ein ähnliches Ruhrgebietsoriginal. Er tat Bitze leid. Seine Welt hatte einen Riss bekommen. Leise berichtete Schmidt von seiner morgendlichen Entdeckung.

„22 Jahre bin ich nun schon Schwimmmeister und dann das. Wer macht so was? Warum hier? Gestern war doch noch alles in Ordnung.“

Bitze vermutete, dass im Laufe der Nacht irgendjemand die Leiche ins Bad gebracht hatte. Oder den Mann hier erschossen und dann ins Becken geworfen hatte. Er sah Beckbach an: „Wahrscheinlich sollte jemand den Toten finden, Becki. Es gibt durchaus bessere Möglichkeiten, eine Leiche verschwinden zu lassen."

„Zum Beispiel in einem Taubenschlag", erwiderte Beckbach – in Erinnerung an einen früheren Fall.

## Auf dem Schrottplatz

Otto Witt konnte stolz auf sein Lebenswerk sein. Mittlerweile gehörte ihm der größte Schrottplatz in Bottrop und Umgebung. Er hatte auch nichts dagegen, dass die Leute ihn in Anspielung an eine Schokoladenmarke „Zar Schrotti" nannten.

Witt stand am Fenster seines Büros und blickte auf den weiträumigen Platz. Plötzlich stutzte er. Zwischen seinen Schrottbergen hatte er einen dunkelblauen BMW entdeckt, der dort nicht hingehörte. Er rief seinen Mitarbeiter Peter Groth an, der gerade auf dem Platz unterwegs war, und forderte ihn auf, sich das einmal genauer anzusehen.

Kurze Zeit später rief Groth zurück. „Schöne Scheiße, Chef", stammelte er, „der Wagen war nicht abgeschlossen. Im Kofferraum liegt ein blutverschmierter Mann, eingerollt in einen alten Teppich. Ich glaube, der lebt nicht mehr."

„Komm in mein Büro, ich verständige die Polizei", sagte Witt.

Wenn der Schrotthändler irgendetwas hasste, dann Dinge, die Unordnung in sein Leben brachten. Eine Leiche auf seinem Schrottplatz gehörte unbedingt dazu. Doch was sollte er machen? Schweren Herzens griff er zum Telefon und wählte die Nummer des Kommissariats Bottrop.

Bitze und Beckbach waren gerade ins Büro gekommen, als das Telefon klingelte. Bitze hechtete Richtung Schreibtisch, in der Hoffnung, es sei Ellen Schrader. Seine Miene verfinsterte sich, denn er hörte eine Männerstimme am anderen Ende der Leitung. Bitze schaute zu Beckbach und machte sich Notizen. Dann legte er auf.

„Was gibt es?“, fragte Beckbach.

„Scheinbar ist es mit der Ruhe vorbei, Becki. Noch eine Leiche. Diesmal auf einem Schrottplatz.“

„Mann, Mann, Mann“, stöhnte Beckbach und nahm seine Jacke.

Vor einem Jahr hatte Bitze einen neuen Wagen bekommen. Beckbach war nicht wirklich überrascht gewesen, dass Bitze nach seinem alten Peugeot 204 einen weiteren Exoten präsentierte.

Ganz stolz hatte er Beckbach erzählt, dass es solch einen Fiat Panda 141A sonst nur noch in Oldtimer-Clubs gebe.

„Stell dir vor, dieser stand bei einem alten Freund von Grete Vonhoff in der Scheune, und er hat ihn mir für einen Spottpreis überlassen. Mit Kassettenteil natürlich, so wie ich es liebe.“

„Du mit deinen Kassetten.“ Beckbach schüttelte mitleidig den Kopf.

„Hab ich dir schon erzählt Becki, dass es bei Pandafahrern sogar Leute gibt, die gar kein Radio in ihrem Wagen haben?“

Bitze spürte bald, dass sich eine ebenso innige Beziehung zu dem Panda entwickelte, wie er sie zu seinem geliebten alten Peugeot hatte.

Seine Supertramp-Kassetten waren sorgfältig im Handschuhfach untergebracht.

Ellen hatte es überhaupt nicht überrascht, dass Bitze sich für dieses Kultauto begeistern konnte. Schließlich kannte sie seine Macken zu Genüge, und sie hatte aufgehört, sich zu wundern, geschweige denn aufzuregen.

„‚Dreamer‘ klingt in dieser Karre noch sensationeller, wärmer“, grinste Bitze, als sie losfuhren.

Beckbach hatte sich an den Musikgeschmack seines Kollegen in den Jahren der Zusammenarbeit mit vielen gemeinsamen Autofahrten gewöhnt. Mittlerweile kannte auch er alle Supertramp-Titel.

Nach wenigen Minuten erreichten sie den Schrottplatz. Bitze wurde immer einsilbiger, seine Kehle trocken. Er erinnerte sich: Hier hatte der gute, alte Peugeot sein Ende gefunden, und er konnte sich noch gut an den Schrotthändler erinnern, der ihn mitleidig belächelt hatte, als er von den Resten seines Autos Abschied nahm.

Otto Witt wirkte dieses Mal weitaus weniger überheblich.

„Übertreibt ihr heute nicht ein wenig?“, hatte der Leiter der Spurensicherung gefragt, als Bitze ihn telefonisch über den neuen Fund informierte.

„Erst der Tote im Freibad und jetzt noch einer auf dem Schrottplatz. Doch was soll’s, wir kommen.“

Bitze wandte sich dem ziemlich schwitzenden Schrottplatzbesitzer zu. Der hatte in der Zwischenzeit damit begonnen, Beckbach zu erzählen, wie er den grausigen Fund bemerkt hatte: „Ich habe mir gleich gedacht, dass da etwas nicht stimmt, wenn ein ziemlich neues Auto auf meinem Platz steht. Es hat mich noch nicht mal überrascht, dass da ein blutüberströmter Mann im Kofferraum liegt.“

Sowohl Witt als auch sein Mitarbeiter Peter Groth kannten den Toten im eingerollten Teppich nicht.

„Ist das Kennzeichen vorhanden? Stell doch mal den Fahrzeughalter fest“, bat Bitze seinen Kollegen.

Dabei ließ er seinen Blick über das Gelände schweifen und mochte sich nicht vorstellen, dass einer der vielen quadratischen Blechklumpen sein Peugeot sein könnte.

Beckbach holte ihn in die Realität zurück. „Der Wagen ist auf eine Baufirma Schibulski angemeldet."

„Dann sollten wir dort mal nachfragen. Hier haben Sie meine Karte", sagte Bitze zu Witt, „falls Ihnen noch etwas einfällt, melden Sie sich bei uns."

Ein kurzer Gruß an die inzwischen eintreffenden Kollegen der Spurensicherung, und sie machten sich auf den Weg.

„Nicht zu glauben", stellte Beckbach fest, als sie wieder im Wagen saßen. „Wochenlang alles ruhig in Bottrop, und dann zwei Tote an einem Tag."

„Und Ellen ist nicht da", fügte Bitze hinzu.

## Die Rumänen

Adrian Radu war 42 Jahre alt und hatte schon viel erlebt.

Er war in einem kleinen rumänischen Dorf groß geworden und wie viele seiner Landsleute irgendwann, in der Hoffnung auf Arbeit und Geld, in die Stadt gezogen. Die Hoffnung hatte sich nicht erfüllt, und so begann er vom Leben im goldenen Westen zu träumen. Dort sollte es alles im Überfluss geben, hatte er gehört. Wenn er abends in der Kneipe saß, traf er immer wieder auf Männer, die auch diesem Traum nachhingen. Im Laufe der Zeit entwickelte sich eine Freundschaft unter ihnen, und die anderen nannten Adrian respektvoll ihren „Capitanu", der einen Weg für sie in eine bessere Zukunft finden würde.

Eines Abends, sie saßen wie immer am runden Tisch, betrat ein Mann die Kneipe. Er war groß, bewegte sich geschmeidig wie ein Panther, und seine schmalen, dunklen Augen scannten die Umgebung. Seine auffällig markante Gesichtsform mit dem leicht vorstehenden Kinn fiel Adrian sofort auf. Schließlich blieb der Fremde vor dem Tisch stehen und fragte, ob er sich dazusetzen dürfe.

Schnell hatte der Unbekannte die Aufmerksamkeit aller gewonnen, und sie hingen förmlich an den Lippen des Mannes, der von seinen Unternehmungen in Deutschland, dem Inbegriff des goldenen Westens, erzählte.

Bald stand für Adrian fest, dass der Weg in den Westen nur über diesen Mann führen würde. Lächelnd betrachtete er das kleine Visitenkärtchen auf dem „Velotti-Anlagenberatung“ stand.

Dann war der Tag gekommen, als Velotti ihnen von seiner Stadt namens Bottrop im Ruhrgebiet erzählte, wo dringend Arbeitskräfte benötigt würden.

Wenn sie bereit wären, ihm dorthin zu folgen, sollten sie sich am nächsten Abend am Ortsausgang bereithalten.

Von einem Tag zum anderen hatten sie sich auf den Weg in das „gelobte Land“ gemacht, zusammengepfercht in einem kleinen Transporter, ohne Papiere, Geld und nicht wissend, was sie erwartete. Aber sie hatten es geschafft und Deutschland erreicht. Fünf Männer, die sich durch nichts und niemanden aufhalten lassen wollten.

Jetzt saßen sie in einer kargen Wohnung in Bottrop.

Fünf Betten, fünf Stühle, ein Tisch und ein Schrank.

Velotti, der sie abgeliefert hatte, sprach nur mit Adrian. Das war von Anfang an so gewesen, und sie konnten nur schweigend zusehen und hoffen, dass ihr „Capitanu“ alles richtig machen würde.

Adrian hatte sie beruhigt und immer wieder beteuert, alles werde gut. Sie würden bald Papiere und auch Arbeit bekommen.

Velotti hatte ihm versprochen, alles in den nächsten Tagen zu erledigen.

Immerhin hatte er neue Kleidung, die Wohnung und auch etwas zu essen und zu trinken besorgt, aber so langsam gingen die Vorräte zur Neige.

Nun hockten sie da und warteten auf Adrian, der am Vorabend mit dem Fremden weggegangen war. Eigentlich wollte er schon längst wieder zurück sein.

Sie wurden unruhig. Ohne ihren Capitanu waren sie verloren. Das glaubten sie zumindest. Aber er würde schon zurückkommen. Er hatte sie noch nie im Stich gelassen.

***

Rita Blome blickte von ihrem Schreibtisch auf, als zwei Männer ihr Büro betraten. „Was kann ich für Sie tun?“, fragte sie höflich.

Bitze zeigte ihr seinen Dienstausweis. „Polizei.“

Sie schien überrascht zu sein.

„Wir würden gerne mit Ihrem Chef sprechen“, schaltete sich Beckbach ein.

„Darf ich fragen, worum es geht?“

„Dürfen Sie nicht.“ Bitze hasste Vorzimmer und scheinfreundliche, neugierige Sekretärinnen.

Rita Blome betätigte die Gegensprechanlage, und wenig später standen sie in Schibulskis Büro.

Der Bauunternehmer wirkte genervt.

Entspannt sieht anders aus, dachte Bitze und zog sein Notizbuch aus der Tasche. Bevor er eine Frage stellen konnte, stand Schibulski auf und begann im Raum umherzugehen. „Ich habe nicht viel Zeit, das sage ich Ihnen gleich, meine Herren.“

Bitze blieb gelassen. „Es geht um eines Ihrer Fahrzeuge, einen dunkelblauen BMW, der auf Ihre Firma zugelassen ist.“

„Was hat die Polizei mit einem unserer Firmenwagen zu tun?“

Schibulski war stehen geblieben und schaute Bitze fragend an.

„Weil in diesem Wagen ein toter Mann lag und es uns brennend interessiert, ob Sie diesen Mann kennen.“

Beckbach hielt Schibulski das Bild des Mannes unter die Nase, das er am Tatort mit seinem Handy aufgenommen hatte.

Schibulski verzog angewidert das Gesicht und sagte: „Ich kenne diesen Mann nicht. Ich frage mich allerdings, wie er in den Wagen gekommen ist.“

Bitze sah Beckbach an, und sein Blick verriet, dass er das dem schwitzenden Bau-Mogul nicht abnahm.

„Hören Sie, Herr Schibulski“, übernahm Beckbach das Gespräch, „da liegt ein Toter in einem Ihrer Fahrzeuge, und Sie wissen von nichts. Wollen Sie uns verarschen?“

Schibulski zögerte einen Moment. Dann rief er seine Sekretärin ins Büro: „Wer hat als Letzter den blauen BMW benutzt?“

„Erwin“, kam die Antwort, wie aus der Pistole geschossen, „Erwin Quast, unser Geschäftsführer.“

„Und der Mann auf dem Bild ist nicht Ihr Geschäftsführer“, hakte Bitze nach.

„Nein!“ Schibulski wirkte noch gereizter.

Beckbach schrieb etwas auf einen Zettel und reichte ihn seinem Kollegen: *Schibulski hat ein Problem*

Bitze nickte.

„Herr Schibulski, wann haben Sie Ihren Geschäftsführer zum letzten Mal gesehen?“

„Am Freitagmorgen, aber fragen Sie mich nicht, wann genau. Ich kann nur sagen, dass ich ihn schon längst zurückerwarte, und wenn er kommen wird, werde ich ihn feuern. Ich bin seine Eskapaden endgültig leid. Ich brauche Mitarbeiter, auf die ich mich verlassen kann. Wenn Sie mich jetzt entschuldigen würden, aber mehr kann ich im Moment nicht für Sie tun."

Bitze schaute Beckbach an.

„Na gut, wenn Sie wieder etwas von Ihrem Geschäftsführer hören, lassen Sie es uns unbedingt wissen." Er reichte der Sekretärin seine Karte und ergänzte: „Das gilt auch für Sie."

Zurück im Präsidium heftete Bitze die Fotos der beiden Toten an ihre große Pinnwand. Dann nahm er zwei große Bögen Papier und schrieb *Freibad* und *Schrottplatz* darauf.

„Zwei Tote, zwei Anhaltspunkte, wie sie unterschiedlicher nicht sein können. Ich sehe da einfach keinen Zusammenhang. Hier das hässliche Loch in der Stirn, das auf einen eiskalten Profi hindeutet, da ein brutal verunstaltetes Gesicht, das mit Wut und Hass zu erklären ist. Lediglich die möglichen Tatzeiten weisen auf einen Zusammenhang hin."

„Dieser Baufritze hat uns nicht die ganze Wahrheit gesagt", fuhr Bitze fort, „und ich wüsste gern den Grund. Aber den werden wir schon noch herausfinden."

## Erwin Quast

Erwin Quast war stolz auf sein kleines Haus am Rande Bottrops. Vom Eigenheim hatte er schon geträumt, als er vor vielen Jahren seine Maurerlehre begann. Dabei war ihm von Anfang an klar gewesen, dass er nicht sein ganzes Leben auf dem Bau verbringen wollte.

Zufrieden stand er vor dem großen Spiegel in der Diele, band sich die Krawatte und lächelte.

Er hatte recht behalten und war bereit, durchzustarten. Bald würde er in einer ganz anderen Liga spielen. Nicht mehr Westfalia Herne, eher Real Madrid.

Er wandte sich zur Treppe. Da stand Monique. Ihr langes, welliges Haar legte sich um ihre Schultern, und ihr halbgeöffneter Bademantel ließ einen Blick auf ihren makellosen Körper zu.

„Musst du schon los?", murmelte sie mit gespieltem Ärger.

„Es wird nicht lange dauern, und dann habe ich viel Zeit für dich."

Er sah ihren Schmollmund, der sie noch attraktiver machte, und musste sich bemühen, nicht schwach zu werden. Zuerst galt es wichtige Dinge zu erledigen. Ein Kuss und seine Lenden schienen zu vibrieren. Aber es war nur sein Handy in der Hosentasche.

Quast löste sich aus Moniques Umarmung.

„Wo bleibst du?", hörte er eine mürrische Stimme am anderen Ende.

„Bin schon unterwegs", antwortete er schnell, denn er wusste, dass sein Gegenüber keine Unzuverlässigkeiten duldete.

Seit er diesen Mann kennengelernt hatte, war sein Leben in völlig neuen Bahnen verlaufen. Eine davon war Monique, die sich lautlos nach oben zurückgezogen hatte. Er wusste immer noch nicht, ob sie eigentlich ihn oder nur sein Geld liebte.

Aber das war ihm auch egal, solange sie bei ihm blieb.

Wieder musste er lächeln und stieg in seinen nagelneuen Porsche, den er seit gestern sein Eigen nannte. So konnte es weitergehen, und dazu war ihm jedes Mittel recht.

Er startete den Wagen und dachte: Schibulski – der kann mich mal!

Er stellte sich dessen Gesicht vor, wenn er ihm seine sofortige Kündigung auf den Tisch knallen würde. Sollte der alte Griesgram doch sehen, wie er alleine fertig würde.

Aber vorher wartete sein neuer Geschäftspartner auf ihn, von dem er eigentlich nicht viel wusste. Eins war ihm aber klar: Es war sehr gewinnbringend, mit dem Mann zu arbeiten, und sicherlich ratsam, keine unnötigen Fragen zu stellen.

Der Mann machte auf ihn den Eindruck, kein Mensch vieler Worte zu sein. Er ließ vielmehr Taten sprechen.

Bisher war auch alles gut gelaufen. Quast war es mühelos gelungen, seinem Chef den Deal mit den Rumänen schmackhaft zu machen. Schibulski hatte erleichtert gewirkt.

***

In ihrer Wohnung saßen die Rumänen und warteten immer noch auf Adrian. Ihre Unruhe wuchs. Im Fernsehen sahen sie Bilder aus der Heimat. Es lief eine Dokumentation über osteuropäische Schlepperbanden, aber die Männer verstanden kein Wort.

Sie begannen miteinander zu reden, ihre gedämpften Stimmen wurden lauter, und ein verzweifelter Unterton schwang mit.

Duriel Munescu, ein fast zwei Metern großer Hüne mit dunklen, stechenden Augen und kurzgeschnittenem braunen Haar, hatte genug.

„Mir reicht es. Ich gehe los und besorge Geld, Getränke und etwas zu essen. Wer kommt mit?“

Die anderen schauten ihn erstaunt an. „Aber wir sollen doch auf Adrian warten.“

„Warten, warten. Ich will nicht länger warten. Ich habe Hunger und Durst und will endlich die Arbeit und das Geld, das uns versprochen wurde. Ich will bald wieder zurück zu meiner Familie. Das war die Absprache."

Er war aufgesprungen und ging Richtung Tür.

„Duriel hat recht", meinte ein anderer aus der Gruppe.

Die beiden Männer zogen sich ihre Jacken an, und ehe die anderen noch etwas erwidern konnten, hatten sie den Raum verlassen.

Draußen vor der Tür sahen sie sich nach allen Richtungen um. Es regnete immer noch. Weit und breit war niemand zu sehen.

Scheinbar teilnahmslos schlenderten sie die Straße entlang, aber ihren wachen Augen entging nichts.

Schon von weitem sahen sie den Discount-Markt mit seinen Auslagen. Ein kurzer Blick, ein Nicken, und sie steuerten geradewegs auf den Eingang zu. Um diese frühe Stunde war so gut wie nichts los im Geschäft. Eine Verkäuferin sortierte Waren in die Regale, eine andere saß an der Kasse.

Duriel fühlte den Griff des Springmessers in seiner Tasche. Es verlieh ihm ein Gefühl von Überlegenheit und Stärke, und er war entschlossen, es zu benutzen.

Schnellen Schrittes betraten sie den Laden. Duriel ging geradewegs auf die Frau an den Regalen zu, und ehe sie etwas sagen oder machen konnte, spürte sie die rasiermesserscharfe Klinge an ihrer Kehle. Sie stand so starr wie der Stalagmit in einer Tropfsteinhöhle.

Ihre Kollegin an der Kasse hatte nichts mitbekommen. Sie sah nur den Mann, der plötzlich vor ihr stand und ihr eine Hand auf die Schulter legte.

Mit der anderen zeigte er auf die Kasse.

In diesem Moment entdeckte sie ihre Kollegin mit dem Messer am Hals. Augenblicklich öffnete sie die Kasse, und der Mann stopfte den Inhalt in eine Plastiktüte.

So schnell und lautlos, wie sie den Laden betreten hatten, waren sie wieder verschwunden. Die beiden Frauen brauchten eine Schrecksekunde, ehe sie den Alarmknopf drückten.

***

Bitze und Beckbach rätselten immer noch über die Todesfälle, als Ellen Schrader aus Berlin anrief. Bitze war erleichtert, ihre Stimme zu hören. Er berichtete von den aktuellen Ereignissen, und ihm wurde bewusst, wie sehr sie ihm fehlte. Ellen wirkte aber kühl, erwähnte mit keinem Wort den Streit vom Vormittag und legte schnell wieder auf.

Verdammt, dachte Bitze. Eine Versöhnung würde nicht leicht werden.

Am Morgen hatte er sich „Even in the quietest moments“, ihren gemeinsamen Lieblingssong, angehört, und ihm war klar geworden, wie viel ihm diese Frau bedeutete. Im Augenblick konnte sie ihm nicht helfen, aber am Wochenende würde sie wieder da sein, und dann wollte er alles dafür tun, ihren Streit aus der Welt zu schaffen.

Bitze hatte gerade aufgelegt, als das Telefon erneut klingelte. Diesmal war es das Revier Mitte. Die Kollegen meldeten einen Überfall auf einen Discountmarkt, der sich in den frühen Morgenstunden ereignet hatte. Die Täter waren offenbar außerordentlich schnell und zielstrebig zu Werke gegangen.

„Sollen wir uns jetzt auch um Ladendiebstähle kümmern?“, fragte Beckbach.

„Ihr wollt doch immer wissen, was in Bottrop passiert“, lautete der Kommentar des Beamten am anderen Ende der Leitung.

Beckbach musste eingestehen, dass die Kollegen recht hatten und sich lediglich an ihre Absprachen hielten. Trotzdem sagte er zu Bitze: „Wir haben zwei Leichen, und dann kommen die uns noch mit einem Überfall."

Bitze dachte nach. „Es ist schon was anderes, ob Jugendliche etwas aus einem Supermarkt mitgehen lassen, oder ob zwei Männer eine Ladenkasse mit Waffengewalt ausrauben. Denk mal an die Sache mit den Russen vor ein paar Jahren."

„Stimmt! Irgendwas kocht hier mal wieder in Bottrop hoch, aber was?"

„Genau das müssen wir rauskriegen." Bitze stand auf und nahm seine Jacke. „Komm, Becki, lass uns mal in den Supermarkt fahren. Das ist besser, als hier herumzusitzen und abzuwarten."

Beckbach erwiderte nichts. Schon oft hatte Bitze seinem Bauchgefühl getraut und war instinktiv vorgegangen. Sein „Bulleninstinkt", wie Bitze immer scherzhaft meinte, hatte ihnen schon oft geholfen, verzwickte Fälle zu lösen.

In diesem Fall konnte er allerdings keine Zusammenhänge erkennen. Trotzdem trottete er mit Bitze zum Panda.

„Take a look at my girlfriend, she's the only one I got", tönte es aus den Boxen.

***

Schon von weitem sah Erwin Quast die Limousine mit den verdunkelten Scheiben am Straßenrand stehen. Er hatte sich auf ein riskantes Spiel eingelassen, aber es brachte ihm jede Menge Knete ein. Das bedeutete Macht, Reichtum und Monique.

Er parkte seinen Porsche in einigem Abstand und ging zur Limousine. Er öffnete die Tür und ließ sich in den Sitz fallen.

„Das wurde aber auch Zeit", zischte der Mann neben ihm.

Quast wusste nicht viel über ihn, nur dass er wenig Worte machte, unbedingten Gehorsam forderte und immer damit beschäftigt war, sein Geld zu vermehren.

„Anlagenberatung“ hatte auf seiner Visitenkarte gestanden. Geld und Macht waren die Säulen seines Lebens, so hatte er es ihm einmal gesagt. Einen üppigen Scheck hatte er Quast zu Beginn ihrer gemeinsamen Aktivitäten ausgestellt.

Er war ein Mann der Tat, und dabei schien er hart und unerbittlich vorzugehen. Erst vorletzte Nacht hatte Quast miterlebt, wie sein Partner mit Leuten umging, die es wagten, sich gegen ihn zu stellen. Mit Schaudern dachte er an die unwirkliche Situation am Freibad.

Kurz nach Mitternacht hatten sie sich dort mit einem Mann getroffen, der zu den Rumänen gehörte, die für Schibulski arbeiten sollten. Der Mann war sehr aufgeregt und hatte vehement auf Quasts Geschäftspartner eingeredet. Von Lügen und Betrug war die Rede gewesen, und der Rumäne hatte gedroht, am nächsten Tag zur Polizei zu gehen und das miese Spiel zu beenden, das man scheinbar mit ihnen trieb. Der Boss hatte plötzlich einen Revolver mit Schalldämpfer gezogen, dem Rumänen an den Kopf gehalten und ohne mit der Wimper zu zucken abgedrückt. Dann hatte er Quast aufgefordert, den Toten ins Schwimmbecken zu werfen.

Spätestens da war ihm klar geworden, dass es besser war, alles so zu erledigen, wie der Boss es wünschte und anordnete.

„Hör mir jetzt genau zu“, sagte der Mann mit einer Schärfe, die keinen Widerspruch zuließ. „Es gibt da zwei Dinge, die keinen Aufschub dulden und die du sofort zu erledigen hast.“

Zehn Minuten später stand Quast vor seinem Porsche und dachte über die Anordnungen seines Auftraggebers nach.

Die Kündigung bei Schibulski konnte er vergessen. Im Gegenteil, er würde zunächst ganz kleine Brötchen backen müssen, um nicht gefeuert zu werden.

Andererseits, wenn es mit dem lukrativen Geschäft klappen würde, für das er soeben die Vermittlung übernommen hatte, wäre Schibulski raus aus der Nummer.

Quast brachte den Porsche in seine Garage zurück und stieg um in den BMW der Firma. Im Haus war es noch dunkel, Monique schien wieder eingeschlafen zu sein.

Zunächst wollte er sich zu ihr legen, die angenehmen Seiten des Lebens intensiv spüren, aber die Worte seines Auftraggebers klangen in seinem Ohr nach.

Noch hatte er keine Idee, wie er Schibulski besänftigen könnte, vielleicht würde ihm Rita Blome helfen.

Gut, dachte er, da muss ich jetzt durch.

Erst Schibulski und dann die Rumänen.

Quast startete den Wagen und fuhr los. Er musste seinen Bruder in die Pläne einweihen.

***

Die blasse Verkäuferin zitterte immer noch, als Bitze und Beckbach den Supermarkt betraten. Alles war so schnell gegangen, und sie konnte sich kaum noch an Einzelheiten erinnern. Sehr groß sei einer der Männer gewesen, mit auffallend kurzem Haar und einem osteuropäischen Akzent, soweit sie das bei den wenigen Wortfetzen hatte erkennen können.

Zum Zeitpunkt des Überfalls hatten sich nur etwa zweihundert Euro in der Ladenkasse befunden.

„Das hat sich nicht wirklich gelohnt“, bemerkte Beckbach.

Die Kommissare bedankten sich bei der Kassiererin und blieben noch eine Weile vor dem Supermarkt stehen. Dann fuhren sie zurück ins Präsidium.

Auf Bitzes Schreibtisch lag ein Fax der Spurensicherung.

Alles deutete darauf hin, dass der Tote vom Schrottplatz als Leiche in das Auto gelegt worden war. In seinem Gesicht gab es Spuren massiver Gewalt. Schwerste Schädelverletzungen, die zu Hirnblutungen und so zum Tod geführt hatten.

***

Rita Blome hatte eine Idee. Sie wusste, dass Erwin Quast eine Zeit lang mit ihrer Freundin Petra Kross liiert war. Vielleicht konnte Petra ihr etwas über den Aufenthaltsort des Geschäftsführers sagen.

Sie wählte die Nummer der Schrotthandlung Witt, für die Petra Kross arbeitete. Sie hatte Glück, Petra war sofort am Telefon.

„Du kannst dir nicht vorstellen, was hier los ist. Der alte Witt ist auf hundertachtzig. Die Polizei hat ihm den Platz fürs Erste dichtgemacht."

Rita Blome hörte zu, verschwieg aber, dass die Polizei wegen des Firmenwagens auch schon bei ihnen gewesen war. Das würde Witt schon früh genug erfahren. Ihr ging es um Erwin Quast.

„Sag mal, Petra, hast du in letzter Zeit etwas von Erwin gehört?"

Für einen Augenblick war es still in der Leitung.

„Eigentlich wollte ich nie wieder auch nur ein einziges Wort über den Scheißkerl verlieren. Hat mir die große Liebe vorgespielt und den Himmel auf Erden versprochen. Dann hat er mich von einem Moment auf den anderen wie eine heiße Kartoffel fallengelassen. Irgendwas war da mit ihm passiert, aber frag mich nicht was. Er soll jetzt wohl mit einem blondierten Vamp zusammenleben. Doch das will ich gar nicht wissen. Für mich ist der Typ erledigt. Ach ja, einen Porsche hat er sich wohl auch zugelegt. Möchte bloß wissen, wo er plötzlich die ganze Kohle her hat. Aber wieso fragst du nach ihm?"

„Er ist hier seit drei Tagen nicht mehr aufgetaucht, und wenn ihm keine plausible Entschuldigung einfällt, wird der alte Schibulski ihn feuern."

„Meinen Segen hätte er“, erwiderte Petra.

Rita Blome bedankte sich bei ihrer Freundin für die Auskünfte und legte auf.

In diesem Augenblick öffnete sich ihre Bürotür, und Erwin Quast trat ein.

„Was für eine Überraschung!“ In Rita Blomes Stimme schwang ein Hauch von Ironie. „Du hast vielleicht Mut.“

„Ich war krank“, entgegnete Quast lapidar. „Und ich habe vergeblich versucht, anzurufen. Es war immer besetzt. Also soll der Alte den Ball mal flachhalten.“

Kaum hatte Quast das gesagt, trat Schibulski in den Raum, und keine fünf Minuten später stand Quast draußen vor der Tür. Fristlos entlassen. Abserviert. Er überlegte krampfhaft, wie er das seinem Auftraggeber erklären sollte. Da durfte ihm jetzt bei den weiteren Aktionen kein Fehler passieren. Er betrachtete den Autoschlüssel in seiner Hand und grinste.

Den Firmenwagen nehme ich als Entschädigung, dachte er, stieg in den BMW und fuhr los.

***

„Wenn ich über diesen Tag ein Buch schreiben müsste, würde es ‚Bottrop kocht noch‘ heißen“, sagte Bitze, als er mit Beckbach zurück ins Büro kam. „Wir haben zwei Leichen und jede Menge Fragen.“

„Und einen Überfall auf einen Supermarkt“, fügte Beckbach hinzu.

Auf der Dienststelle wartete schon Gaby Greilo, die neue Sekretärin und Nachfolgerin von Lilo Ruppert, auf die Kommissare.

„Endlich“, sagte sie. „Sie sollen unbedingt diese Nummer in Berlin anrufen.“

Berlin? Bitzes Alarmglocken schrillten. Hatte es etwas mit Ellen zu tun? Warum rief sie nicht selbst an?

Fragend schaute er Beckbach an und wählte.

„Schneider, Zweites Kommissariat Berlin Mitte. Kollege Bitze, es tut mir leid, aber es gab heute hier einen Schusswechsel, bei dem die Frau Schrader schwer verletzt wurde.“

Bitze wurde blass und begann zu zittern.

„Was ist passiert?“, stammelte er, und tausende Gedanken rasten durch seinen Kopf. „Lebt sie noch?“

Bitze hörte wie durch einen Schleier die Stimme am Telefon.

„Sie wurde in die Charité eingeliefert und in ein künstliches Koma versetzt. Mehr kann ich im Moment nicht sagen.“

Ein Klicken und das Gespräch war zu Ende. Langsam legte Bitze auf und sank in seinen Schreibtischsessel.

„Was ist passiert?“, fragte Beckbach, der seinen Freund und Kollegen lange nicht mehr so blass gesehen hatte.

Bitze starrte ihn mit leeren Augen an.

„Ellen“, flüsterte er, „sie wurde in Berlin angeschossen.“

„Was?“, entfuhr es Beckbach.

„Sie liegt im künstlichen Koma. Ich muss zu ihr. Wenn ich Glück habe, geht heute noch ein Flug von Düsseldorf. Tut mir leid, Becki, aber ich hoffe, du verstehst mich.“

Beckbach hatte bereits im Computer die Seite des Düsseldorfer Flughafens aufgerufen.

„In zwei Stunden startet der letzte Flieger nach Berlin für heute. Wenn du dich beeilst, kannst du es schaffen. Ich buche dir einen Platz übers Internet.“

„Danke“, meinte Bitze und war schon an der Tür.

Beckbach reichte ihm den Ausdruck seiner Flugdaten, und schon war Bitze raus.

***

Im Zimmer der Rumänen herrschte ausgelassene Stimmung. Es wurde gelacht, gegessen und vor allem viel getrunken. Endlich gab es von allem reichlich, und den Männern war egal, woher es stammte. Für einen kurzen Augenblick schien die Zeit still zu stehen. Nur schade, dass Adrian fehlte. Er war immer noch nicht wieder aufgetaucht.

Plötzlich wurde die Stimmung jäh unterbrochen. Es klopfte. Sofort verstummten alle, und gespenstische Stille erfüllte den Raum.

Dann klopfte es erneut, diesmal heftiger.

„Machen Sie auf! Ich weiß, dass jemand da ist!"

Langsam löste sich Duriel aus der Gruppe und ging zur Tür. Vorsichtig drehte er den Schlüssel im Schloss.

Dann ging alles sehr schnell. Mit einem Ruck riss er die Tür auf, und bevor der Besucher reagieren konnte, landete die Faust des Rumänen in seinem Gesicht. Die Männer im Zimmer konnten hören, wie das Nasenbein brach. Mit einem Ruck packte sich Duriel den Mann und presste ihn an die Wand. Blut lief aus der Nase und hinterließ rote Spuren auf dem weißen Hemd.

„Was willst du?", herrschte der Rumäne den Fremden an. „Versuch nicht, uns reinzulegen, sonst bist du tot."

Das Gesicht des Unbekannten war schmerzverzerrt, und er presste unverständliche Worte hervor. Wütend schlug Duriel immer wieder auf den Mann ein, ehe die anderen ihn von seinem wehrlosen Opfer wegzogen. Blutüberströmt brach der Mann zusammen und regte sich nicht mehr.

***

Als Bitze im Flieger nach Berlin saß, konnte er sich an keine Einzelheit der Fahrt von Bottrop nach Düsseldorf erinnern. Er hatte lediglich noch mit Grete Vonhoff, seiner Nachbarin in Kirchhellen, telefoniert, die sich um das Haus, die Pferde und seine Mutter kümmern sollte.

Wie gut, dass es ein paar Menschen gibt, auf die man sich verlassen kann, dachte er, als er aus dem Fenster des Flugzeuges schaute und die Welt unter ihm immer kleiner wurde. Mit einem Schlag war sein Leben wieder aus den Fugen geraten. Natürlich hatte es in den Jahren schon einige solcher Momente gegeben.

Der frühe Tod seines Vaters und die damit verbundene Orientierungslosigkeit, die ihn fast zerstört und ihm Jahre seiner Jugend gekostet hatte.

Die Trennung von seiner Frau Rebekka, die ihm alles bedeutet hatte, mit der er eine Familie gründen wollte und deren Entfremdung er so lange nicht wahrgenommen hatte.

Wochenlang hatte er Trost im Alkohol gesucht und nicht bemerkt, wie er immer tiefer in die Hölle der seelischen Qualen rutschte und drauf und dran war, sein Leben zu verpfuschen.

Dann die ständigen Auseinandersetzungen früherer Tage mit seinen Dienstvorgesetzten. Natürlich war er nicht gerade ein umgänglicher Typ, und er wollte sich nie verbiegen lassen. Ihm fiel die Nacht ein, in der seine Laufbahn bei der Polizei beinahe schon vorbei gewesen war.

Sie hatten während eines Streifengangs Autodiebe auf frischer Tat ertappt, und plötzlich hatte einer ein Messer gezogen und war auf seinen Kollegen losgegangen. Bitzes Schuss mit der Dienstwaffe sollte den Angreifer lediglich stoppen. Aber er war tödlich, und erst nach wochenlangen Untersuchungen und Ermittlungen durfte Bitze den Dienst wieder aufnehmen. Das hatte ihn um Jahre zurückgeworfen.

Dann war Ellen Schrader in sein Leben getreten, und alles war anders geworden. Bitze lächelte, als er an die ersten Begegnungen mit der jungen, dynamischen Staatsanwältin dachte. Ihm war sie damals zunächst selbstverliebt und arrogant erschienen. Ein hübsches Scheusal.

Sie hatten sich verachtet, bekämpft und das Leben schwer gemacht, bis zu jenem magischen Moment, der alles verändert hatte.

Jetzt lag Ellen im Koma. Sie waren im Streit auseinandergegangen, und Bitze würde es sich nie verzeihen, wenn das ihre letzte Begegnung gewesen sein sollte.

Die Stewardess bot Bitze ein Getränk an, doch er nahm sie überhaupt nicht wahr. Er spürte Tränen in seinen Augenwinkeln. Er wusste nicht, wann er zuletzt gebetet hatte, denn als sein Vater starb, hatte er als kleiner Junge aufgehört, an Gott zu glauben. Beckbach war da völlig anders und bekennender Christ. Wie oft hatte er mit ihm über religiöse Fragen gestritten, sich über den Glauben seines Kollegen lustig gemacht und ihn nur selten richtig verstanden.

Hoch über den Wolken kamen Bitze diese Gespräche in den Sinn, und er murmelte ein Gebet. Nicht fordernd, das wäre Gott gegenüber unfair gewesen, nein, er bat um Hilfe, um Kraft und Mut für das, was ihn in Berlin erwartete. Das Gebet tat überraschend gut. Bitze wurde ruhiger.

Ellen war eine starke Frau, die es schaffen würde.

***

Die fröhliche Stimmung der Rumänen war verflogen. Duriel Munescu hatte den fremden Mann in die Wohnung gezogen und seine Taschen durchsucht. Dabei hatte er einen Führerschein, einen Personalausweis und einen Autoschlüssel gefunden. Die Papiere waren auf den Namen Hanno Quast ausgestellt. Fragend sah er die anderen an, die schweigend herumstanden.

„Ist er tot?“, fragte einer.

Munescu beugte sich über das Gesicht des Mannes und schüttelte den Kopf.

„Noch nicht“, murmelte er.

„Was sollen wir mit ihm machen?“, fragte ein anderer.

„Halt’s Maul!“, fuhr ihn Duriel an. „Ich werde mich um ihn kümmern. Hier kann er nicht bleiben.“ Er zeigte auf Ilie, einen bulligen Mittdreißiger. „Hilf mir, Ilie!“

Zu zweit nahmen sie den Mann hoch, der dabei leicht stöhnte.

„Warte“, sagte Duriel, und sie legten den Bewusstlosen wieder ab. Bevor die anderen noch etwas sagen konnten, trat Duriel dem Unbekannten mehrfach mit seinem schweren Absatz auf den Brustkorb, bis er kein Lebenszeichen mehr von sich gab.

Er nahm den Autoschlüssel und gab ihn einem anderen Rumänen: „Sieh nach, ob ein Auto vor der Tür steht. Beeil dich!“

Sekunden später kam der Mann zurück und schüttelte stumm den Kopf.

„Los, fasst mit an“, herrschte Duriel die anderen an. „Wir rollen ihn in den Teppich und bringen ihn ins Auto.“

Sie legten den Mann in den Kofferraum, Munescu und Ilie stiegen ein und fuhren los. Die anderen beeilten sich, schnell wieder ins Haus zu kommen, und sahen nicht, dass sich hinter einem Fenster des gegenüberliegenden Hauses eine Gardine leicht bewegt hatte.

***

Erwin Quast war in einem Punkt zufrieden. Wie gut, wenn man einen kleinen Bruder hat, dachte er sich.

Er hatte es für einen klugen Einfall gehalten, seinen Bruder Hanno zu beauftragten, den Rumänen eine kurze Botschaft seines Auftraggebers zu überbringen: „Keine Extratouren mehr. In zwei Tagen bekommt ihr eure Arbeit." Für einen Hunderteuroschein hatte Hanno diese Aufgabe gern übernommen, und Quast hatte ein Problem gelöst. Das andere Problem hieß Schibulski.

Der Alte hatte ihn doch tatsächlich rausgeschmissen.

Sein Handy summte. Quast meldete sich. Er hörte die tiefe, leicht kratzige Stimme seines Auftraggebers.

„Gab es Probleme?"

„Alles in Ordnung", antwortete er schnell.

Stille. Nur ein leises Rauschen in der Leitung. Quast musste schlucken.

Er ist ein geld- und habgieriger Teufel, ja, das ist er, ging es ihm durch den Kopf, und für einen Wimpernschlag kroch Angst in ihm hoch.

Worauf hatte er sich eingelassen?

Da war die Stimme wieder: „Fahr nach Hause und warte auf weitere Anweisungen. Und hör gut zu, was ich dir jetzt sage, mein Freund. Wage es nicht, mich jemals zu belügen!"

Quast spürte, wie sich kleine Schweißperlen auf seiner Stirn bildeten. Wie sollte er das verstehen? Er hatte doch die Aufträge erledigt. Na ja, nicht ganz allein, aber es war nicht verboten, seinen Bruder um einen Gefallen zu bitten. Auf Hanno hatte er sich immer verlassen können. Die Aussicht, in wenigen Minuten bei Monique zu sein, besserte seine Laune. Für einen Augenblick vergaß er das Gespräch.

***

Beckbach saß allein in Bitzes Büro und starrte auf das Telefon. Eigentlich müsste sein Freund mittlerweile gelandet sein. Bitze hatte versprochen, sich dann schnell zu melden.

Gaby Greilo schaute zur Tür herein. „Vorhin hat jemand aus Recklinghausen angerufen und wollte den Kollegen Bitze sprechen. Ich habe die Nummer notiert.“ Beckbach hatte gerade beschlossen zurückzurufen, als das Telefon klingelte. „Und, wie geht es ihr?“, fragte er, ohne zu zögern. Aber es war nicht Bitze am anderen Ende, sondern die Kreispolizeibehörde.

Na gut, dachte Beckbach, spare ich mir den Rückruf. In knappen Worten teilte man ihm mit, dass Kommissar Bitze offenbar eigenmächtig gehandelt hätte und ohne jede dienstliche Anweisung nach Berlin geflogen war. Das werde Folgen haben.

Beckbach schaute Gaby Greilo an, die sofort rot wurde. Sie hatte sich also verplappert.

Schöne Scheiße, dachte Beckbach. Staatsanwalt Kahr-Nickel würde sich noch am Nachmittag auf den Weg machen, um Ellen Schraders Aufgaben während ihrer Abwesenheit zu übernehmen und sich um Bitzes Aktion kümmern.

Beckbachs Gesicht wurde lang.

Ausgerechnet Kahr-Nickel, dieser arrogante Schnösel, dachte er und erinnerte sich an einen Fall vor ein paar Jahren, als dieser Korinthenkacker ihnen nichts als Schwierigkeiten bereitet hatte.

***

Bitze hatte sich direkt auf den Weg zum Krankenhaus gemacht. In der Eingangshalle der Charité wartete bereits der Kollege Schneider auf ihn. „Was ist überhaupt passiert?“, fragte Bitze seinen Berliner Kollegen auf dem Weg zur Intensivstation.

„Eigentlich war es ein unglücklicher Zufall. Die Kongressteilnehmer waren auf dem Weg zum Essen ins Steakhouse am Potsdamer Platz, als aus einer fahrenden Limousine heraus der Eingang unter Beschuss genommen wurde. *Drive by shooting*, nennen das die Amerikaner, eine äußerst feige Form eines Anschlags. Wir vermuten, dass die Schüsse den Mitgliedern einer arabischen Großfamilie galten, die zu diesem Zeitpunkt das Restaurant verließen. Schon seit langem beobachten wir die wachsende Rivalität der arabischen Clans, wobei es nicht nur um Drogengeschäfte geht. Unglücklicherweise begegneten sich die Gruppen in diesem Moment, und eine Kugel traf die Staatsanwältin."

Bitze hatte schweigend zugehört. Mittlerweile hatten sie die Intensivstation erreicht und sterile Kleidung angelegt. Ein Arzt erklärte Bitze, die Patientin sei im Bauchbereich getroffen worden, was zu hohem Blutverlust geführt habe. Ihr Zustand sei aber jetzt stabil. Man würde sie sicherheitshalber noch einige Zeit im künstlichen Koma lassen. Danach müsse man sie untersuchen und entscheiden, ob eine weitere Operation nötig sei.

„Wann weiß man denn mehr?" Bitze sah den Arzt mit flehenden Augen an.

„Genau kann man das nicht sagen, aber es gilt, Ruhe zu bewahren."

Und Sicherheit ausstrahlen. Bitze dachte an seinen Standardspruch, aber beruhigen konnte ihn das nicht. Schweigend stand er vor dem Bett, und durch zahlreiche Schläuche hindurch sah er das blasse Gesicht der Frau, die er so sehr liebte. Er begann leise mit Ellen zu sprechen, erzählte ihr von den jüngsten Ereignissen in Bottrop, entschuldigte sich tausendmal für seine unbedachten Worte vom Morgen und beschwor sie, ihn nicht im Stich zu lassen.

„Wir schaffen das“, sagte er und küsste sie zum Abschied auf die Stirn. „Ich bin immer für dich da.“

Der Kollege Schneider hatte auf dem Gang auf ihn gewartet, und schweigend gingen sie zum Ausgang. „Ich heiße Max“, sagte er. „Wenn du willst, kannst du ein paar Tage bei mir wohnen.“

„Udo“, antwortete Bitze. „Danke, das hilft mir schon weiter. Ich werde meine Dienststelle informieren. Gut, dass ich noch einige Tage Resturlaub habe. Da würde ich dein Angebot sehr gern annehmen.“

***

Quast räkelte sich auf dem zerwühlten Bett. Er liebte solche Nachmittage und glaubte immer noch, Monique auf seinen Schenkeln zu spüren. Aus dem Bad hörte er das Rauschen der Dusche und spürte wieder das Verlangen nach ihrem Körper.

Ein anderes Geräusch riss ihn aus seinen Gedanken. Versuchte unten jemand die Haustür aufzuschließen? Nackt, wie er war, sprang er aus dem Bett. Auf dem oberen Treppenabsatz blieb er stehen und lauschte. Auch in der Dusche war es still geworden. Er drehte sich um und sah Monique in der Badezimmertür stehen. Er gab ihr ein Zeichen, leise zu sein, und ging langsam die Treppe hinunter. Wieder hörte er das Geräusch. Offensichtlich versuchte jemand, einen Schlüssel ins Schloss zu stecken.

Mit schnellen Schritten ging er zu Tür und spähte durch den Spion. Erleichtert atmete er auf. Da stand Petra Kross, seine Exfreundin.

Er grinste. Sollte sie ihn ruhig noch einmal nackt sehen.

Er öffnete. „Was willst du?“, fragte er grinsend.

Petra musterte ihn mit zusammengekniffenen Augen. Sie reichte ihm einen Schlüssel.

„Hier, den hast du bei mir vergessen."

„Kannst du behalten, ich habe neue Schlösser", sagte Quast und lächelte höhnisch. Petra sah seinen nackten Körper, aber er ließ sie erstaunlich kalt. Das war einmal ganz anders gewesen.

„Dein Grinsen wird dir noch vergehen", presste Petra hervor. „Ich weiß zufällig, dass die Polizei auf dem Gelände von Zar Schrotti euren Firmenwagen mit einem toten Mann drin gefunden hat."

Quast wurde blass.

„Erzähl keinen Scheiß!", zischte er sie an.

„Das ist kein Witz, oder hast du schon vergessen, dass ich beim alten Witt arbeite. Einen schönen Tag noch."

Sie drehte sich um und ging.

Quast schloss die Tür. Ihm wurde schlecht. Sein Bruder hatte als Letzter den Firmenwagen benutzt.

## Kippen-Kurt

Kippen-Kurt hatte fast immer von einem Tag zum anderen gelebt. Niemand wusste, dass er vor einigen Jahren mit einem einzigen Los viel Geld gewonnen hatte. Arbeiten musste Kurt seitdem nicht mehr. Sein eigentlicher Name war Kurt Kühn, aber alle nannten ihn nur Kippen-Kurt.

Diesen Namen trug er seit seiner Schulzeit, als er seine Klassenkameraden ständig mit Zigaretten versorgt hatte. Niemand hatte je nachgefragt, wie er an die Kippen kam. Er hatte sie einfach und teilte sie mit den anderen.

Vor einigen Tagen hatte Kurt beobachtet, wie eine Gruppe von Männern ins Haus gegenüber einzogen war. Ihm war das gleich verdächtig vorgekommen, und er hatte beschlossen, die Angelegenheit im Auge zu behalten. Deshalb stand er häufig hinter der Gardine am Fenster. Nur zum Rauchen verließ er seinen Beobachtungsplatz.

So hatte er gesehen, dass zwei der Männer am frühen Morgen gegangen waren und erst gegen Mittag mit großen Einkaufstüten bepackt zurückkamen.

Später war ein blauer BMW vorgefahren. Ein Mann, den Kurt hier noch nie gesehen hatte und der vermutlich nicht zu der Gruppe gehörte, war ausgestiegen und ins Haus gegangen. Danach blieb es lange Zeit ruhig.

Erst kürzlich hatte Kurt im Fernsehen einen Bericht über Schlepperbanden aus Rumänien gesehen, und diese Männer hatten ihn an diese Sendung erinnert. Für einen Moment hatte er überlegt, seinen alten Freund Aldo Velotti anzurufen, der eigentlich immer wusste, was in Bottrop und Umgebung los war.

Er beschloss stattdessen, dass Haus weiter im Auge zu behalten. Velotti konnte er immer noch anrufen, wenn der sich überhaupt noch an ihn erinnerte. Ihre Freundschaft lag schon lange zurück.

Gerade hatte Kurt wieder seinen Platz am Fenster eingenommen, als die Haustür gegenüber geöffnet wurde. Ein Mann trat heraus, schaute sich nach allen Seiten um und öffnete dann den Kofferraum des BMW. Dann eilte er wieder hinein. Kurt kniff die Augen zusammen. Was war da los?

Kurz danach kamen zwei Männer und schleppten einen zusammengerollten, offenbar sehr schweren Teppich zum Auto.

Kurt zog sich eine Jacke an und lief zur Haustür. Der BMW fuhr gerade los, als Kurt in sein Auto stieg. Er startete den Motor und folgte dem BMW in einigem Abstand.

Quer durch Bottrop ging die Fahrt, am Alpincenter vorbei, bis sie am Ende einen Schrottplatz erreichten.

Kurt wunderte sich.

Die wollen doch so einen neuen Wagen nicht verschrotten, dachte er und parkte sein Auto am Straßenrand.

Nur wenige Minuten später kamen die Männer ohne Auto zurück.

Ein Taxi hielt an, und die Männer stiegen ein.

Kurt wunderte sich. Irgendwas war hier faul.

Er wartete noch eine Weile und sah, wie die Mitarbeiter nach und nach ihren Arbeitsplatz verließen. Langsam wurde es dunkel, und auch Kurt machte sich auf den Heimweg.

***

Beckbach freute sich über eine gute Nachricht, schlechte hatte es in der letzten Zeit genug gegeben.

Gaby Greilo hatte ihm soeben mitgeteilt, dass der angekündigte Kahr-Nickel erkrankt sei und deshalb doch nicht zur Vertretung Ellen Schraders ins Kommissariat Bottrop kommen würde.

In diesem Augenblick klopfte es.

Auf Beckbachs „Herein" ging die Tür auf, und eine junge Frau betrat den Raum.

„Was kann ich für Sie tun?"

„Ute Schröder", stellte sie sich vor, „Staatsanwältin aus Recklinghausen. Ich soll die Vertretung von Frau Schrader übernehmen. Es tut mir aufrichtig leid, was der Kollegin passiert ist. Wissen Sie schon Genaueres?"

„Leider nicht", antwortete Beckbach, dem diese Ute Schröder auf Anhieb sympathisch war. In knappen Worten schilderte er die Sachlage und fasste dabei auch die mageren Erkenntnisse über die beiden Morde zusammen.

Ute Schröder hörte aufmerksam zu und machte sich ein paar Notizen.

„Ich hoffe, dass Hauptkommissar Bitze wegen seiner eigenmächtigen Berlinfahrt keinen Ärger bekommen wird“, sagte Beckbach abschließend.

Ute Schröder konnte ihn beruhigen. „Hauptkommissar Bitze hat doch sicherlich noch Resturlaub, den er nutzen kann.“

Beckbach nickte erleichtert.

Das Telefon klingelte.

Aber es war nicht Bitze, sondern Doktor Weidenbach. Beckbach stellte den Apparat auf Lautsprecher, so dass Ute Schröder mithören konnte.

„Tja, Jungs“, berichtete der Gerichtsmediziner jovial, „das sind mal zwei Klassiker, die ihr mir auf den Tisch gelegt habt. Ein glatter Kopfschuss. Klassische Exekution, wenn ihr mich fragt. Das Opfer stammt vermutlich aus Osteuropa. Alter Ende dreißig, ohne weitere körperliche Auffälligkeiten. Der andere starb nach massiver Gewaltanwendung. Faustschläge und Fußtritte gegen Kopf und Körper. Er war schon tot, als er in das Auto gelegt wurde. Er war wesentlich jünger als das erste Opfer, Mitte zwanzig, und starb an inneren Blutungen. Auch er ansonsten bei bester Konstitution.“

„Kannst du uns vielleicht ein Bild schicken, das wir der Presse zur Verfügung stellen könnten? Vielleicht können wir ja so die Identität der Opfer herausfinden.“

Ute Schröder nickte zustimmend, als sie Beckbachs Vorschlag hörte.

„Mail ich euch direkt zu“, versprach Weidenbach und legte auf.

„Wir sollten auf jeden Fall die Presse einschalten“, meinte Ute Schröder zu Beckbach, und sie beschlossen, für den nächsten Vormittag eine Pressekonferenz einzuberufen.

***

Wie ein Panther schlich Velotti durch den halbverdunkelten Raum. Er hatte sich die Sache einfacher vorgestellt. Oder war der Mann, den er für seine Dienste angeworben hatte, vielleicht nicht der Richtige? Mit Geld war doch eigentlich jeder zu haben, und Geld hatte er genug. Aber er wollte noch mehr Macht und Besitz!

Außerdem hatte er mit einigen Herrschaften Bottrops ein paar Rechnungen offen.

Niemand würde ihn aufhalten, und der Rumäne war der Erste, der das zu spüren bekommen hatte. Dieser Idiot hatte doch tatsächlich versucht, Forderungen an ihn zu stellen. Seitdem wurde er das Gefühl nicht los, auf einem schmalen Grat zu wandeln. Es wurde höchste Zeit, dass endlich Bewegung in die Sache kam.

Er lächelte.

Erst mal schnappe ich mir das Bauunternehmen und werde mir so weiteren Einfluss sichern. Dann wird hier vieles nach meinem Willen laufen. Bottrop weiß es nur noch nicht.

Er griff zum Telefon und wählte die Nummer seines Partners Quast. Er wurde wütend, als eine metallische Stimme mitteilte, der Teilnehmer sei nicht zu sprechen.

Noch einmal versuchte er es, erneut ohne Erfolg. Jetzt musste er handeln. Als Erstes würde er dem Versager Quast die süßen Dinge des Lebens wegnehmen.

Zu viel Ablenkung ist nicht gut in diesem Geschäft, dachte er.

***

Erwin Quast streichelte Moniques nackten Rücken und ließ sich auch durch den Rufton seines Handys nicht stören. „Dein Telefon, Liebling“, säuselte Monique und drehte sich um.

Wer immer das auch sein mochte, er musste warten, fand Quast. Noch nie hatte ihn eine Frau mit so viel Leidenschaft verwöhnt, und er konnte nicht genug von Monique bekommen. Erst als er später schwer atmend neben ihr lag, warf er einen Blick auf das Handy-Display. Mit einem Ruck war er zurück in der Realität. Er kannte diese Nummer, und der Anruf verhieß nichts Gutes. Schnell sprang er aus dem Bett, nahm seine Sachen und eilte ins Bad. Als er sich angezogen hatte, rief er zurück.

„Was stellen die Rumänen da an?" Die Frage traf ihn wie aus der Pistole geschossen. Quast begann zu schwitzen. Was war passiert, und warum hatte sich sein Bruder noch nicht bei ihm gemeldet? Hatte Petra doch keinen Quatsch erzählt, wie er es vermutet hatte?

Ich muss Zeit gewinnen, überlegte er und sagte: „Was soll mit den Rumänen schon sein? Sie sind bereit und warten auf weitere Anweisungen."

„Erzähl keinen Mist", kam es durch die Leitung. „Die Männer murren und werden immer aggressiver. Hatte ich dir nicht gesagt, selbst bei ihnen vorbeizufahren und sie zu beruhigen? Wen auch immer du dorthin geschickt hast – sie haben kurzen Prozess mit ihm gemacht. Er hatte keine Chance."

Quast wurde blass. Er spürte, wie sein Mageninhalt Richtung Speiseröhre drängte. Was war mit seinem Bruder passiert? Was wusste sein Boss? Und woher hatte er seine Informationen?

Er überwacht alles, ging es ihm durch den Kopf, und er schaute sich erschrocken im Raum um. Gab es hier etwa auch eine Kamera?

„Wir treffen uns um zehn am Hauptbahnhof." Die Stimme duldete keinen Widerspruch.

Quast sah auf die Uhr. Eine halbe Stunde, das müsste reichen. „Ich werde da sein“, meinte er, aber der andere hatte schon aufgelegt.

Monique sah ihn neugierig an. „Probleme?“, fragte sie und hauchte ihm einen Kuss auf die Wange.

„Mach dir keine Sorgen, ich bin bald zurück“, entgegnete Quast nur und ging. Er bekam nicht mehr mit, dass Monique telefonierte, ihren Koffer packte und kurze Zeit nach ihm ebenfalls das Haus verließ.

***

Beckbach und Ute Schröder wunderten sich nicht, dass trotz der kurzfristigen Einladung alle wichtigen Vertreter der heimischen Medien zur Pressekonferenz erschienen waren. Wenn es in Bottrop kochte, waren alle am Start.

Nachdem sie sich kurz vorgestellt hatte, erläuterte die Staatsanwältin den Journalisten die aktuelle Situation. Es war nicht gerade viel, was sie zu vermelden hatte, und auf die meisten Fragen hatte sie keine Antworten.

Am Schluss verteilten sie die Bilder der Mordopfer. Auf diesem Wege hofften sie, neue Ansatzpunkte zu gewinnen.

Danach machten sie sich auf den Weg zu Schibulski.

Ute Schröder begleitete den Kommissar. Sie war schon immer eine Frau der Tat gewesen und hasste es, in Büros zu sitzen. Genau wie Ellen Schrader.

Beckbach beobachtete sie von der Seite. Pe Werner hatte ein Kribbeln im Bauch besungen. Warum kam ihm gerade dieser Song in den Sinn?

„Vielleicht zeigt Schibulski sich heute kooperativer“, meinte Beckbach, als sie im Auto saßen.

„Das sollte er“, erwiderte Ute Schröder, „sonst ist es mit unserer Geduld bald vorbei. Das werden wir ihm schon klarmachen.“

Im Lokalradio lief gerade der Bericht über die Pressekonferenz.

„Wenigstens kommt Bewegung in die Sache“, seufzte Beckbach, und Ute Schröder nickte.

Nach dem obligatorischen Hinweis auf die beste Musik und den Sound der Achtziger spielten sie „It’s raining again“ von Supertramp, und Beckbach dachte an Bitze, der sich immer noch nicht gemeldet hatte.

***

Heftiger Dauerregen hatte eingesetzt, als Quast den Hauptbahnhof erreichte. Während der Fahrt war ihm ein Gedanke immer wieder durch den Kopf gegangen: Wenn Petra Kross die Wahrheit gesagt hatte, hatte er seinen Bruder auf dem Gewissen.

Was war da falsch gelaufen?

Panik überfiel ihn, und er spürte, wie ihm kalter Schweiß auf die Stirn trat.

Die Sache glitt ihm aus den Händen. „Ich muss hier weg“, sagte er laut zu sich und wendete den Porsche. Nichts wie raus aus Bottrop!

Auf das Klingeln seines Handys reagierte er nicht mehr. Er wollte Monique holen und mit ihr ganz woanders neu beginnen.

In seinen Gedanken sah er sich schon mit ihr in einem Flieger Richtung Süden sitzen. Dann musste er wieder an seinen Bruder denken. Er versuchte sich zu beruhigen, Petra Kross wollte sich wahrscheinlich nur an ihm rächen, und Hanno war längst zu Hause.

Er parkte den Porsche vor der Garage und ging zum Haus. Er schob den Schlüssel ins Schloss und wunderte sich. Das blöde Ding ließ sich nicht drehen, so sehr er es auch versuchte.

Er lief ums Haus, schellte mehrere Male und rief nach Monique. Aber es blieb still.

Sein Handy riss ihn aus den Gedanken.

„Pass gut auf, mein Freund“, drang die zischende Stimme an sein Ohr, „ab jetzt weht ein anderer Wind. Wenn es dir nicht so ergehen soll wie deinem Bruder, machst du gefälligst nur noch das, was ich dir sage, und nur das.“

Quast spürte, wie er anfing, am ganzen Leibe zu zittern. Er legte auf.

Nur weg von hier, war sein einziger Gedanke, und die Panik kam zurück.

Er warf sein Handy in die Mülltonne, ließ den Porsche stehen und machte sich zu Fuß auf den Weg.

***

Der Tag hatte für Horst Schibulski äußerst schlecht begonnen. Vom Bauamt der Stadt war ihm mitgeteilt worden, dass er bis übermorgen seine Planungen einreichen müsse. Er hatte auf Quast gesetzt, doch der hatte ihn im Stich gelassen.

Aldo Velotti kam ihm in den Sinn.

Der Fachmann für Geldanlagen wusste eigentlich alles, was in Bottrop vor sich ging. Velotti kannte Land und Leute und hatte es immer wieder verstanden, Geld zu organisieren. Er war ein Meister der Börsenspekulationen. Das wusste nicht nur Schibulski.

Vor einigen Jahren hatte ihm Velotti schon einmal aus der Patsche geholfen. Damals hatte Schibulski versprochen, Velotti zum Teilhaber der Firma zu machen, wenn alles gut liefe. Doch zum Firmeneinstieg Velottis war es mit Hilfe von

Schibulskis Anwalt Conrad von Dudenhofen dann doch nicht gekommen.

Schibulski hatte sich ins Fäustchen gelacht und den geplanten Deal schnell vergessen.

Aldo Velotti ging nicht ans Telefon.

Schibulski hinterließ eine Bitte um Rückruf auf dem Anrufbeantworter.

Rita Blome steckte ihren Kopf durch den Türrahmen. „Da sind zwei Herrschaften von der Polizei."

Schibulskis zog die Augenbrauen zusammen. „Sagen Sie, ich habe keine Zeit!"

In dem Moment schoben Beckbach und Ute Schröder Rita Blome zur Seite und standen in der Tür.

„Die sollten Sie sich aber nehmen", erklärte die Staatsanwältin.

„Hören Sie, Herr Schibulski", schaltete Beckbach sich ein, „ich weiß nicht, was Ihr Problem ist, aber wenn Sie sich nicht endlich kooperativ zeigen, bekommen Sie ein riesengroßes mit uns."

Ute Schröder beobachtete den schwergewichtigen Bauunternehmer mit der Halbglatze und dem kleinen Schnauzbart. Sie registrierte das Zucken der Augenlider und die schweißglänzende Stirn.

Beckbach hielt ihm das Foto des toten Mannes aus dem BMW vor die Nase.

„Wer ist das?"

Schibulski zögerte einen Moment.

„Ich kenne den Mann nicht", presste er hervor, „aber es ist nicht unser Geschäftsführer Erwin Quast."

„Wo ist Ihr Geschäftsführer denn jetzt?" Beckbach spürte, wie sein Geduldsfaden immer angespannter wurde.

„Ich weiß es nicht. Ich habe ihn gestern entlassen."

Und dann erzählte er die ganze Geschichte, vom Auftrag der Stadt und dem Plan seines Geschäftsführers, billige Arbeitskräfte zu rekrutieren.

Geht doch, dachte Beckbach und nickte wohlwollend.

„Zeigen Sie mir doch bitte noch mal das Foto“, bat Schibulski, als Beckbach und Schröder schon fast an der Tür waren.

„Jetzt fällt es mir auf. Das könnte der jüngere Bruder von Quast sein. Der hat hier schon einmal ausgeholfen. Arno, Hanno oder so. Ich kann mich nicht mehr an den Namen erinnern. Aber ich bin mir fast sicher, dass er das ist. Also fragen Sie mich nicht, wie er in den Wagen gekommen ist.“

„Danke. Sie hören von uns.“ Beckbach ließ einen ziemlich ratlosen Schibulski zurück.

Wieder im Auto wandte er sich Ute Schröder zu: „Endlich ein Anhaltspunkt. Die Brüder Quast. Mal sehen, ob unser Computer etwas über die beiden ausspuckt.“

Zurück im Büro brauchten sie nicht lange, um erste Ergebnisse zu erzielen. Erwin Quast war tatsächlich der ältere der Brüder. Er hatte als Maurer bei Schibulski angefangen und es in den Jahren immerhin bis zum Geschäftsführer geschafft. Es hatte sogar den Anschein, als wollte Schibulski ihm irgendwann die Firma überschreiben, weil er in ihm über Jahre eine Art Ziehsohn gesehen hatte.

Hanno Quast hatte sich anscheinend mit Gelegenheitsarbeiten über Wasser gehalten.

„Wir sollten zunächst mal die Adressen überprüfen“, schlug Ute Schröder vor.

„Fangen wir mit dem älteren Quast an.“ Beckbach spürte seinen aufkommenden Tatendrang. Die Nähe der jungen Anwältin sorgte für zusätzliche Motivation.

„Er war es, der zusätzliche Kräfte mobilisieren wollte.“

„Wahrscheinlich illegale Arbeitskräfte aus dem Osten. Dieses Problem beschäftigt uns schon längere Zeit“, klärte Ute Schröder Beckbach auf.

„Meistens sind dabei kriminelle Aktionen im Spiel, und nur selten gehen uns die wahren Drahtzieher ins Netz. Erst neulich hatte ich eine Studie auf dem Schreibtisch, laut der es im Ruhrgebiet Kriminelle gibt, die sich gezielt auf diesem Markt etabliert haben. Bis jetzt ist es uns aber noch nicht gelungen, auch nur einen dieser Hintermänner zu ermitteln. Vielleicht bringt uns ja dieser Fall auf eine heiße Spur.“

„Billige Arbeitskräfte aus dem Osten“, murmelte Beckbach.

Hatte Doktor Weidenbach nicht vermutet, dass der Tote aus dem Freibad osteuropäischer Herkunft war? Bestimmt gab es da einen Zusammenhang!

Mittlerweile hatten sie Quasts Haus am Rande des Stadtparks erreicht.

„Nette Gegend hat er sich ausgesucht“, sagte Ute Schröder.

Dann sahen sie den Porsche, der in der Einfahrt stand.

„Der Fuchs scheint noch in seinem Bau zu hocken“, sagte Beckbach lächelnd.

Aber auch nach dem dritten Klingeln rührte sich nichts.

Wenn Bitze jetzt hier wäre, dachte Beckbach, würde er auf seine Art nachsehen. Er sagte aber nichts und blickte Ute Schröder nur fragend an. Sie warteten einen Augenblick und entschieden, später noch einmal wiederzukommen.

„Vielleicht haben wir ja beim Bruder mehr Glück“, sagte Beckbach, als sie wieder ins Auto stiegen.

Doch auch bei Hanno Quast fanden sie nur eine verschlossene Tür vor. Aus dem Briefkasten quollen Werbeprospekte. Beckbach wurde schlagartig klar, dass Schibulski den Toten tatsächlich als Hanno Quast identifiziert hatte.

„Scheint seit längerer Zeit nicht mehr zu Hause gewesen zu sein, der Kamerad“, merkte Beckbach an.

„Irgendwas ist hier faul", stimmte Ute Schröder zu und griff zum Handy. Nach zwei Telefonaten mussten sie nur noch auf das Eintreffen der Polizeistreife aus Bottrop Boy warten. Es dauerte nicht lange, und POK Polzin bog mit dem Einsatzwagen um die Ecke.

Kurze Zeit später war die Wohnungstür geöffnet. Gestank nach verdorbenem Fleisch hing in der Luft und drang offenbar aus einem Topf, der auf dem Herd stand.

„Alles deutet darauf hin, dass Quast nicht lange wegbleiben wollte. Oder was meinen Sie?"

Beckbach sah Ute Schröder fragend an.

Sie sagte: „Ich gehe fast davon aus, dass Hanno Quast der Tote im BMW ist. Schibulskis Aussage und die verlassene Wohnung sprechen dafür."

„So sieht es aus."

Ute Schröder lächelte

Auf dem Tisch im Wohnzimmer lag ein Zettel mit einer Adresse: *Blumenstraße 26 / Erdgeschoss.*

Beckbach nahm den Zettel und steckte ihn ein. Vielleicht würden sie dort weitere Hinweise finden.

***

Hinter Bitze lag eine unruhige Nacht. Häufig war er aufgewacht und sah Ellen vor sich, wie sie, hilflos und der medizinischen Technik ausgeliefert, im Krankenbett lag.

Am schlimmsten schmerzte ihn die Tatsache, dass er nichts für sie tun konnte, obwohl er ihr geschworen hatte, immer für sie da zu sein. Stattdessen hatte er sich auf einen überflüssigen Streit mit ihr eingelassen.

Der Kollege Schneider hatte schon Frühstück gemacht, als Bitze die Küche betrat. Im Radio lief der „Logical Song" von Supertramp, und Bitze gelang ein Lächeln.

Erinnerungen wurden wach.

„Gut geschlafen?“, fragte Schneider, und Bitze schüttelte den Kopf.

„Ich kann das verstehen, nach allem, was du mir über deine Beziehung zu Frau Schrader erzählt hast.“

„Ich kann mir nicht mehr vorstellen, ohne sie zu leben. Das würde ich nicht ertragen. Sie muss wieder aufwachen.“

„Trink erst mal einen Kaffee, der wird dich nach vorn bringen.“

Schneider war genau wie Bitze Freund eines starken Kaffees.

Schon der erste Schluck tat Bitze gut.

„Ich müsste unbedingt in Bottrop anrufen“, sagte er zu Schneider.

Der zeigte Richtung Flur. „Da steht das Telefon.“

Bitze freute sich, gleich Beckbachs Stimme am anderen Ende zu hören. In knappen Sätzen klärte er ihm über die Lage in Berlin auf. Beckbach seinerseits berichtete über den Stand der Ermittlungen im Falle der beiden Toten.

„Es ist uns endlich gelungen, eine erste Spur zu finden.“

„Uns?“, fragte Bitze nach. „Wie muss ich das verstehen?“

„Ich habe Unterstützung aus Recklinghausen bekommen. Die Kollegin Schröder, Staatsanwältin wie deine Ellen und genau so nett. Fast jedenfalls.“

Bitze grinste. Beckbach schien ja richtig begeistert zu sein.

„Hauptsache, ihr kommt einen Schritt voran“, sagte er. „Ich hoffe, es geht Ellen bald besser. Dann komme ich sofort zurück. Deine Frau Schröder wird dir bis dahin sicher eine große Stütze sein.“

„Meine Frau Schröder“, Beckbach äffte Bitzes Tonfall nach, „das hast du jetzt gesagt. Aber sie macht den Job in der Tat richtig gut. Natürlich brauchen wir dich auch so schnell wie möglich zurück.“

„Ich versuche es, Becki. Konzentriert euch zunächst auf die Quast-Brüder. Irgendwas scheint doch mit denen nicht zu stimmen. Hakt auch noch mal bei Schibulski und Witt nach. Ich melde mich, sobald ich hier mehr weiß." Bitze beendete das Gespräch und kehrte in die Küche zurück. Wenigstens ging es im Bottroper Fall etwas voran.

Nach einer weiteren Tasse Kaffee und einer Schrippe, wie hier in Berlin die Brötchen hießen, machte er sich mit wieder zunehmender Nervosität auf den Weg zur Charité. Hoffentlich gab es positive Neuigkeiten.

***

Beckbach war froh, dass Bitze sich gemeldet hatte. Er hoffte, dass es Ellen Schrader bald besser gehen würde, denn Bottrop ohne die beiden war wie ein Himmel ohne Sterne.

Auch wenn Bitze sich oft über ihn und seinen christlichen Glauben lustig gemacht hatte, war Beckbach am Abend noch in der Pfarrkirche St. Cyriakus gewesen, um eine Kerze anzuzünden und ein stilles Gebet für Ellen Schrader zu sprechen.

„Positiv bleiben!", befahl er sich und zwang sich zu lächeln. Ute Schröder bemerkte den Versuch.

„Gute Nachrichten?", fragte sie.

„Es geht. Ellen Schrader liegt im künstlichen Koma, aber der Kollege Bitze hofft, dass sie bald wieder zurückgeholt werden kann. Dann will er so schnell wie möglich nach Bottrop kommen."

Solange Beckbach denken konnte, arbeitete Bitze an seiner Seite. Als er vor fast zwanzig Jahren seinen Dienst bei der Polizei angetreten hatte, hatte er davon geträumt, einen festen Partner zu haben. Als glühender Fan der Serie „Miami Vice" waren Crockett und Tubbs immer Teil seiner Ideale vom Polizeidienst gewesen. Jahrelang hatte es anders ausgesehen, aber eines Tages war Udo Bitze sein Kollege geworden, und mit ihm war die Vision ein wenig zur Realität geworden. Nur modisch hinkten die beiden hinter Crockett und Tubbs hinterher.

Beckbach hatte sich daran gewöhnt, als Assistent des Kommissars ein wenig in Bitzes Schatten zu stehen. Im Gegenteil, er mochte seine Rolle inzwischen. Umso schwerer fiel es ihm, ohne Bitze auszukommen. Aber er wollte Ute Schröder beweisen, dass auch er sein Handwerk verstand. Außerdem gefiel ihm die dynamische junge Frau sehr. Dabei hatte er gedacht, dass eine Frau nicht in sein Leben passen würde.

Beckbach nahm den Zettel, den sie im Wohnzimmer des jungen Quast gefunden hatten.

„Da sollten wir mal hinfahren", sagte er zu Ute Schröder.

***

Auch Kippen-Kurt hatte schlecht geschlafen.

Mehrmals war er aufgestanden und zum Fenster gegangen. Aber im Nachbarhaus schien alles ruhig. Er dachte über den vergangenen Abend nach. Ihm war klar, dass irgendetwas faul war.

Im Morgengrauen war er endlich fest eingeschlafen. Als er aufwachte, prasselte der Regen gegen seine Fensterscheibe. Mühsam schälte Kurt sich aus seiner Bettdecke.

Erst mal ein Kippchen, dachte er und griff zur Schachtel. Die darauf stehende Androhung des qualvollen Erstickungstodes beeindruckte ihn nicht, und tiefe Züge inhalierend stellte er sich ans Fenster. Er sah, dass ein Auto vor dem Haus hielt, aus dem eine Frau und ein Mann stiegen.

***

Als Beckbach und Schröder auf das Haus Blumenstraße 26 zugingen, fiel ihnen sofort auf, dass die Haustür nur angelehnt war.

„Seltsam“, murmelte Beckbach und sah sich nach allen Seiten um.

Im Haus gegenüber bemerkte er eine Bewegung hinter der Gardine. „Ich glaube, wir werden beobachtet“, sagte er und nahm sich vor, den neugierigen Nachbarn später unter die Lupe zu nehmen.

Sie betraten das Haus, in dem es nach Mottenkugeln und billigem Wein roch.

Ute Schröder tastete nach einem Lichtschalter. Eine schummrige Funzel sorgte für die Beleuchtung des Flures, der sehr renovierungsbedürftig erschien.

Eine Holztreppe führte in den ersten Stock, aber Beckbach sah, dass die Tür zur Erdgeschosswohnung offen stand. Er gab Ute Schröder ein Zeichen, stehen zu bleiben, und ging langsam auf die Tür zu. Aus der Wohnung roch es nach Schweiß und Alkohol.

Beckbach lauschte. Nicht ein einziges Geräusch war zu hören.

„Hier ist niemand“, sagte er zu Ute Schröder. Sie betraten die Wohnung.

Der erste Raum war sehr spartanisch eingerichtet. Um einen Holztisch standen fünf Stühle und an der Wand eine kleine Kommode. Auf dem Tisch leere Bier- und Weinflaschen.

Ute Schröder zeigte auf eine Stelle des Fußbodens. Blutspuren, noch relativ frisch.

„Die Spurensicherung soll sich die Wohnung gleich vornehmen“, sagte sie. „Was hat Quast hier gewollt?“

„Und was ist dann geschehen?“, fügte Beckbach hinzu.

Um keine Spuren zu verwischen, gingen sie zurück in den Flur und forderten die Kriminaltechniker an.

Peter Bleicher und sein Team trafen eine Viertelstunde später ein und fielen wie ein Ameisenheer über die Wohnung her. Beckbach hegte große Bewunderung für die Kollegen in den weißen Anzügen, die akribisch ihre Arbeit erledigten.

„Sobald ich etwas weiß, melde ich mich", versicherte Bleicher, und Beckbach entging nicht das breite Grinsen, mit dem er Ute Schröder bedachte.

„Vielleicht haben die Nachbarn etwas beobachtet?" Beckbach erinnerte sich an ihr Eintreffen.

Er schaute zum Fenster im ersten Stock des Nachbarhauses, doch diesmal war dort nichts Auffälliges.

Sie gingen zur Eingangstür und lasen die drei Klingelschilder. Im ersten Stock wohnte K. Kühn.

„Das ist unser Mann", sagte er zu Ute Schröder.

„Oder unsere Frau", erwiderte sie lächelnd.

Gerade als Beckbach klingeln wollte, summte sein Handy. Es war Bitze, bestens gelaunt.

Ellen Schrader war aus dem Koma aufgewacht.

„So wie es aussieht, fahre ich morgen zurück. Bei Ellen wird es noch ein paar Tage dauern, aber sie muss nicht noch einmal operiert werden und hat großes Glück gehabt. Alles wird gut, Becki."

„Gute Nachrichten aus Berlin", teilte Beckbach Ute Schröder erleichtert mit. „Ellen Schrader hat es überstanden, und Bitze kommt bereits morgen zurück."

„Das freut mich", erwiderte Ute Schröder, „ich bin sehr gespannt, die Ikone der Ruhrgebietskommissare kennenzulernen."

Beckbach konnte sich ein Grinsen nicht verkneifen. Doch jetzt galt seine Aufmerksamkeit wieder K. Kühn, und entschlossen drückte er den Klingelknopf.

Kippen-Kurt hatte vom Fenster aus alles beobachtet. Ihm war längst aufgefallen, dass die seltsamen Männer aus der

Wohnung gegenüber nicht mehr da waren. Dafür war jetzt die Polizei aufgetaucht.

Als Fan der Sonntagabendkrimis machte man ihm in dieser Beziehung nichts vor. Tatort Bottrop und er war mittendrin. Diese Vorstellung versetzte ihn in eine aufgeregte Stimmung. Er würde die Spur zu den Männern wieder aufnehmen, denn schließlich kannte er sich hier bestens aus. Als es klingelte, war ihm klar, dass das nur die Polizei sein konnte.

Beckbach hatte gerade zum zweiten Mal den Knopf gedrückt, als die Tür aufsprang.

„Na endlich“, meinte Ute Schröder.

Nikotingeruch strömte ihnen entgegen.

Beckbach rümpfte die Nase. „Scheint ein starker Raucher zu sein, der Herr Kühn. Wenn mich nicht alles täuscht, kommt der Mief aus dem ersten Stock.“

Ute Schröder widersprach nicht. Fasziniert betrachtete sie die Fototapete auf der Wand neben der Eingangstür. Sonnenuntergang am Strand. Ein Relikt der siebziger Jahre, und sie machte sich ein Bild von der Person, die zu der Tapete gehörte. Als die Tür geöffnet wurde, sah sie alle Vermutungen bestätigt.

Der Typ, der vor ihnen stand, sah aus wie Helge Schneiders Zwillingsbruder. Wahrscheinlich nach der Geburt getrennt, schoss es Ute Schröder durch den Kopf.

Der Mann stellte sich als Kurt Kühn vor. Beckbach zeigte ihm seine Dienstmarke, woraufhin Kühn sie hereinbat.

Beim Anblick der Wohnungseinrichtung musste Beckbach unwillkürlich an Jochen Prömper denken, mit dem sie es vor knapp zwei Jahren zu tun gehabt hatten. Prömpers Vater war seinerzeit als der Tote im Taubenschlag bekannt geworden und der junge Mann kurze Zeit später spurlos verschwunden.

„68er Look mit Ikea-Einschlag“, pflegte Bitze zu sagen.

Und überall penetranter Nikotingeruch.

Ute Schröder rümpfte die Nase. „Haben Sie keine Angst, dass Ihr Vermieter Sie eines Tages vor die Tür setzt, bei dieser Qualmerei? Solche Fälle hat es schon gegeben."

Kühn lächelte. „Das glaube ich nicht, das Haus gehört mir."

Gut gekontert, dachte Beckbach und musste innerlich schmunzeln. Der Typ vor ihm schien zwar etwas verrückt zu sein, aber er gefiel ihm.

„Herr Kühn", sagte er, „ist Ihnen in der letzten Zeit irgendetwas in der Nachbarschaft aufgefallen? Sie können doch von hier aus alles bestens beobachten."

Dabei war er ans Fenster getreten und stellte fest, dass man von dort einen hervorragenden Überblick hatte.

Kühn sah unschuldig drein.

„Wissen Sie, Herr Kommissar, das habe ich mir abgewöhnt. Ich will einfach meine Ruhe haben und ab und zu eine Zigarette genießen."

„Wenn Ihnen doch noch etwas einfällt, können Sie sich ja bei uns melden." Beckbach reichte Kühn eine Visitenkarte, und sie verabschiedeten sich.

„Komischer Kauz", meinte Ute Schröder, als sie wieder im Wagen saßen. „Und so ganz glaube ich ihm nicht."

Kippen-Kurt war mit sich und der Welt zufrieden. Natürlich kannte er die Männer der SOKO Bottrop dem Namen nach. Schließlich hatte er ihre Arbeit der letzten Jahre in der Zeitung und im Radio interessiert verfolgt, und wenn die Gelegenheit sich ergab, würde er ihnen schon seine Hilfe anbieten. Aber der Zeitpunkt war noch nicht gekommen. Er würde ihn bestimmen. In Gedanken sah er sich als Held auf den Titelseiten der Bottroper Zeitungen. Dann würde jeder wissen, dass sein Leben nicht nur aus dem Drehen von Zigaretten bestand.

***

Erwin Quast hatte sich schon bedeutend wohler gefühlt. Für den Moment hatte er alles verloren. Am heftigsten quälte ihn der Gedanke, seinen Bruder in den Tod geschickt zu haben. Hanno, der immer zu ihm aufgeschaut hatte und für den er das große Vorbild war. Erst recht, nachdem ihre Eltern bei einem Verkehrsunfall ums Leben gekommen waren. Wie sollte er es Carola erklären, die schon mehrfach versucht hatte, ihn zu erreichen, um zu erfahren, wo ihr Freund so lange blieb? Irgendwann würde er ihr alles erzählen, aber jetzt hatte er ein viel größeres Problem. Genaugenommen war er bereits ein toter Mann, denn Velotti würde alles daran setzen, ihn zu finden. Kurz dachte er an Monique. Er hatte am Ende allen Ernstes geglaubt, sie würde ihn lieben und nicht sein Geld. Doch da hatte er sich wohl getäuscht. Monique war anscheinend nur ein Köder gewesen, den er gierig geschluckt hatte.

Stundenlang war er nun schon durch Bottrop getigert ohne eine rettende Idee.

Worauf habe ich mich da nur eingelassen? Wie komme ich lebend aus dieser Sache raus? Sollte ich lieber gleich zur Polizei gehen und alles beichten?

Vor einer Zigarettenreklame blieb er stehen. Ein alter Kumpel fiel ihm beim Anblick des Plakates ein. Keiner hatte immer so viele Zigaretten gehabt wie Kippen-Kurt.

Vielleicht könnte er für ein paar Tage bei ihm abtauchen? Vor einem Jahr hatte er Kurt zufällig bei einem Santana-Konzert in Oberhausen getroffen. Kurt hatte ihm an diesem Abend ganz stolz erzählt, dass er das große Los gezogen hatte und ein kleines Haus in der Blumenstraße besaß. Quast beschloss, bis zur Dunkelheit zu warten und dann sein Glück bei Kippen-Kurt zu versuchen. Er hatte Hunger, brauchte unbedingt eine Dusche und hatte absolut keine Lust auf eine weitere Nacht im Stadtpark.

Im ersten Stock brannte noch Licht, und Erwin Quast zögerte nicht zu klingeln.

Kippen-Kurt starrte den späten Gast verblüfft an. Er hatte keine Ahnung, was dieser Besuch zu bedeuten hatte.

## Ein neuer Tag

Velotti war wütend. Wenn ich Quast in die Hände bekomme, schneide ich ihm alle Körperteile einzeln ab, dachte er. Dieser Versager versucht sich aus dem Staub zu machen. Mit meinem Geld. Aber das werde ich verhindern. Doch alles zu seiner Zeit. Als Erstes muss ich mich um die Rumänen kümmern. Die könnten mir gefährlich werden.

In einer Nacht-und-Nebelaktion hatte er sie aus der Wohnung in der Blumenstraße abholen lassen. Das verursachte zusätzliche Kosten, und jetzt war es allmählich an der Zeit, dass mal wieder Geld in die Kasse floss. Schibulski war endgültig fällig, und anscheinend stand ihm das Wasser bis zum Hals.

Velotti wusste das von Quast. Zudem hatte der Bau-Mogul erst kürzlich versucht, ihn zu erreichen. Er wusste auch, dass Monique die Rumänen für den Moment besänftigt hatte. Sie war der einzige Mensch, auf den er sich wirklich verlassen konnte. Quast, dieser Vollidiot, hatte tatsächlich geglaubt, bei dieser Frau landen zu können. Bei diesem Gedanken konnte er sich ein Grinsen nicht verkneifen. Er hatte Monique aus dem Sumpf geholt, und das würde sie nie vergessen. Sie tat alles für ihn. Schließlich wusste sie nicht, wie er sie aus dem Nachtklub geholt hatte. Er grinste und dachte an den Moment, als Fleischmann und er das Schachbrett aufgebaut hatten. Dieser Idiot hatte tatsächlich geglaubt, ihn besiegen zu können.

Heute würde Monique mit der ganzen Truppe der Firma Schibulski einen Besuch abstatten. Er war gespannt, was der alte Großkotz dann sagen würde. Andererseits sollte er nicht viel reden, sondern zahlen. Ungeduldig wartete er auf Moniques Rückruf. Bis dahin hatte er aber noch einige andere Anrufe zu erledigen.

Wäre doch gelacht, wenn Quast noch einen Tag länger überlebt, dachte er grimmig.

***

Am frühen Morgen war Bitze ins Krankenhaus gefahren. Ein unglaubliches Glücksgefühl durchflutete ihn, als er Ellen sah, die in einem normalen Krankenbett ohne Schläuche und Maschinenanschlüsse lag.

„Ich war so ein Idiot! Vergiss bitte alles, was ich gesagt habe“, flüsterte er.

Ellen lächelte ihn an.

„So schnell wirst du mich nicht los“, sagte sie leise zu ihm.

Bitze küsste sie.

Der behandelnde Arzt kam ins Zimmer und erklärte, Ellen könne in ein bis zwei Tagen entlassen werden. Allerdings müsse sie mit einem Krankentransportwagen nach Hause gebracht werden, da ihre Schussverletzung noch einiges an Nachbehandlungen erfordere.

„Wir werden eine Kommandozentrale Kirchhellen einrichten“, beteuerte Bitze. Er versprach, sich vor seiner Abreise um alles zu kümmern. Sein Flug nach Düsseldorf ging am Mittag, und bis dahin konnte er alles erledigen.

„Ich freue mich so auf unser Haus“, meinte Ellen zum Abschied.

„Ich werde dich hegen und pflegen“, versprach Bitze und dachte für einen Moment an das kleine Gebet im Flieger. Vielleicht hatte Beckbach doch recht, und es gab tatsächlich einen Gott.

***

Als Kippen-Kurt an diesem Morgen aufstand, hörte er das Wasser in der Dusche rauschen und erinnerte sich, dass am späten Abend Erwin Quast vor der Tür gestanden hatte. Wieso Quast sich ausgerechnet an ihn gewandt hatte, war ihm in ihrem relativ kurzen Gespräch nicht völlig klar geworden. Er hatte nur bemerkt, dass Quast ziemlich nervös wirkte und vor irgendetwas Angst hatte.

Kurt hatte Quast eigentlich als arrogantes Arschloch in Erinnerung. Zumindest, was ihre gemeinsame Schulzeit anging.

Die Geschichte mit Petra fiel ihm wieder ein. Kurt hatte sie abgöttisch geliebt, sie war der Traum seiner Jugend, und er hatte sich total um sie bemüht. Nur für sie hatte er immer eine extra Ration Kippen dabeigehabt. Auf einer Party war es dann Quast gewesen, der sie vor seinen Augen mit einem triumphierenden Grinsen abgeschleppt hatte. Kurt fühlte immer noch den Schmerz und die Wut auf den Kerl, der gerade in seiner Dusche stand. Vielleicht war der Zeitpunkt seiner späten Rache gekommen.

Erwin Quast fühlte sich nach der Dusche wie neugeboren. Jetzt überlegte er, wie er den Volltrottel im Wohnzimmer, den er eigentlich nie leiden konnte, austricksen konnte.

Er brauchte Geld und damit verbunden einen Zugang zu seinem Konto, einen neuen Wagen und einen Plan. Der würde ihm bestimmt noch einfallen. Auf jeden Fall war er für den Moment in dieser Räucherhöhle sicher. Er stellte sich dennoch die Frage, wie es dieser Versager zu so einem Haus gebracht hatte. Bestimmt nicht mit Kippendrehen.

Vielleicht war für ihn hier noch etwas mehr zu holen.

Abwarten und cool bleiben, dachte er sich.

Wesentlich optimistischer als noch am Vorabend betrat er die Küche, in der Kurt bereits Kaffee gekocht hatte. Geht doch, dachte Quast.

Es war eine gute Idee gewesen, hierher zu kommen.

Kippen-Kurt sah nur kurz auf. Am liebsten hätte er Quast direkt eine reingehauen. Zum einen wegen Petra, zum anderen weil er schon wieder dieses arrogante Grinsen draufhatte.

Ich muss ihn loswerden, dachte er, und zwar ganz schnell.

„Kaffee?“, fragte er und beobachtete Quast aus den Augenwinkeln.

„Gern“, antwortete dieser und versuchte ein liebenswertes Gesicht zu machen, was nach Kurts Meinung völlig in die Hose ging.

## Bitze kehrt zurück

Als Beckbach an diesem Morgen ins Präsidium kam, war Gaby Greilo schon da und berichtete, dass Bitze vor einigen Minuten angerufen hatte. Am Nachmittag werde er zurück sein. Wenig später traf auch Ute Schröder ein. Sie hatte noch einmal über das Gespräch mit diesem Kurt Kühn nachgedacht und war sich ziemlich sicher, dass er ihnen etwas verschwiegen hatte.

„Wenn Bitze wieder da ist, werden wir dem Nachbarn noch einmal auf den Zahn fühlen“, versprach Beckbach.

Gaby Greilo brachte ihnen ein Fax der Spurensicherung. Daraus ging hervor, dass die Blutspuren in der Wohnung keine 24 Stunden alt gewesen waren.

„Was in der Wohnung passiert ist, könnte mit dem jungen Quast zu tun haben“, vermutete Ute Schröder. „Vielleicht sollten wir die Blutanalysen abgleichen. Ich werde direkt bei Doktor Weidenbach anrufen, ob eine unserer Leichen diese Blutgruppe hatte."

Kurz darauf hatte sie den Gerichtsmediziner am Apparat und zeigte Beckbach den erhobenen Daumen.

„Treffer", meinte sie, nachdem sie aufgelegt hatte. „Die Blutgruppe stimmt mit der des Toten vom Schrottplatz überein. Wir können also vorbehaltlich eines DNA-Abgleichs davon ausgehen, dass es Hanno Quast ist."

Beckbach nickte zustimmend. „Bleibt nur noch die Frage, wer sich in der verlassenen Wohnung aufgehalten hat, und warum Quast anscheinend dort getötet und dann zum Schrottplatz gebracht wurde."

„Und der Tote im Freibad?" Beckbach dachte laut nach. „Besteht ein Zusammenhang, oder haben wir es mit zwei verschiedenen Fällen zu tun?"

„Worin sollte ein Zusammenhang bestehen?", hakte Ute Schröder nach. „Waren die Quast-Brüder womöglich in illegale Geschäfte verstrickt, die mit der Freibadleiche zusammenhängen?"

„Die Arbeitskräfte aus Osteuropa", ergänzte Beckbach, „das könnte der Zusammenhang sein. Der Tote im Freibad gehörte mit ziemlicher Sicherheit zu dieser Gruppe. Es hilft nichts. Wir müssen Erwin Quast finden."

Beckbach ging zu Gaby Greilo und bat sie, alles, was sie über Erwin Quast und seinen Bruder herausfinden würde, zu einem Dossier zusammenzustellen.

„Vielleicht liefert uns das einen Ansatz. Wir werden in der Zwischenzeit noch einmal bei Schibulski nachhorchen, was er uns über seinen ehemaligen Geschäftsführer erzählen kann."

Horst Schibulski hatte schon ruhigere Vormittage erlebt. Zunächst hatte sich der Baudezernent der Stadt bei ihm angemeldet, um zu klären, ob aus seiner Bewerbung noch etwas würde, oder ob die Stadt die Aufträge für den Erweiterungsbau der Hochschule Ruhr-West anderweitig vergeben sollte. Heute müsste eine Vorentscheidung fallen. Schibulski überlegte fieberhaft, wie er das bewerkstelligen könnte, als seine Sekretärin ihm den Besuch einer Frau meldete, die eine Gruppe nicht gerade vertrauenerweckender Gestalten im Schlepptau hatte. Die Frau hatte Quasts Visitenkarte vorgelegt, und Schibulski vermutete, dass es sich um die rumänischen Arbeiter handeln könnte, die Quast angekündigt hatte. Vielleicht war es doch ein Fehler gewesen, seinen Geschäftsführer so schnell zu feuern?

Egal, Hauptsache die Arbeiter waren da.

„Lassen Sie die Leute zu mir durch“, wies er Rita Blome an.

Schibulski war überrascht, denn die ihm unbekannte Frau, die sein Büro betrat, war nicht nur jung, sondern auch ausgesprochen hübsch und attraktiv. Das konnte man von den fünf Männern in ihrer Begleitung allerdings nicht gerade behaupten. Die Frau stellte sich ihm als Monique Lacroix vor und kam schnell zur Sache. Für die fünf Arbeitskräfte sei eine sofortige Vermittlungsgebühr von 25.000 Euro fällig.

Für die Entlohnung und Unterkunft der Männer sei er verantwortlich. Renten- und Versicherungszahlungen seien nicht erforderlich.

„Das sind dann schon sehr günstige Mitarbeiter“, lächelte die Frau.

Schibulskis dachte fieberhaft nach. Wenn er sich den lukrativen Auftrag sichern wollte, brauchte er zusätzliche Leute. Natürlich lag ihm diese unverschämt hohe Vermittlungsgebühr schwer im Magen, aber das Geld würde er wieder hereinholen.

Da würde ihm schon etwas einfallen.

„In Ordnung“, sagte Schibulski mit bewusst fester Stimme. „Wir sind im Geschäft.“

Er füllte einen Scheck aus und reichte ihn der Frau.

„Sie werden es nicht bereuen, Herr Schibulski“, entgegnete die Schöne, und nach einer kurzen Anweisung an die fünf Männer, die alles schweigend verfolgt hatten, verließ sie das Büro.

„So, Männer“, wandte sich Schibulski den Rumänen zu, „ich bin jetzt euer Chef, und es geht gleich an die Arbeit, damit ihr auch bald Geld in der Tasche habt.“

Er klopfte jedem jovial auf die Schulter. Die Männer ließen es äußerlich teilnahmslos über sich ergehen. Duriel Munescu löste sich aus der Gruppe und trat einen Schritt auf Schibulski zu. Drohend baute er sich vor dem leicht schwitzenden Bauunternehmer auf. „Versuch ja nicht, uns reinzulegen“, sagte er flüsternd. „Das hat schon jemand versucht.“ Er machte eine Bewegung mit dem Daumen über seinen Kehlkopf. „Er hatte am Ende keine Zeit, es zu bereuen.“

Schibulski wurde es heiß. Ganz so einfach schien die Sache nicht zu werden.

Ich muss diese Typen schnell beruhigen, dachte er und stellte schon wieder fest, dass Quast ihm fehlte. Der hätte sich jetzt um das Problem kümmern können.

„Was haben wir noch an Bargeld im Büro?“, fragte er bei Rita Blome nach, die kurz danach mit einigen Scheinen in sein Büro kam.

„Gut, Männer“, sagte er, „hier ist schon mal ein Fuffi für jeden von euch, und gleich kommt ein Großraumtaxi, das euch zu den Wohnwagen bringen wird. Morgen früh um halb sieben holt euch der Bauleiter ab, und dann geht's zur Baustelle. Am Ende des Monats bekommt ihr Geld.“

„Wir wollen unser erstes Geld nach einer Woche“, forderte Duriel in einem Ton, der keinen Widerspruch zuließ.

Schibulski nickte. „Okay, nach einer Woche, wenn ich mit eurer Arbeit zufrieden bin.“

Rita Blome steckte den Kopf durch die Bürotür und teilte mit, dass das Taxi da sei.

Hintereinander verließen die Rumänen den Raum. Nur Duriel drehte sich noch einmal um und drohte: „Keine Tricks, oder du bist ein toter Mann!“

Dann zog er die Tür hinter sich zu und ließ einen verunsicherten Schibulski zurück, der von seinem Plan, rumänische Arbeiter einzusetzen, längst nicht mehr überzeugt war.

Beckbach und Schröder erreichten das Firmengelände, als die Rumänen gerade in das Taxi stiegen.

„Schau mal einer an, eine interessante Truppe, die unser Freund zu Besuch hatte.“ Ute Schröder grinste. „Dann scheint das mit den billigen Arbeitskräften ja geklappt zu haben. Wobei diese Männer bestimmt keinen deutschen Pass haben und aus Osteuropa in die Bundesrepublik kommen, um schnelles Geld zu verdienen. Dabei sind sie es, die bei diesen Aktionen das wenigste verdienten. Das große Geld sahnen andere ab, und die müssen wir erwischen.“

Beckbach sah dem davonfahrenden Taxi nach. „Vielleicht kommen wir über Schibulski an die Hintermänner heran.“

„Das sind arme Schweine“, sagte Ute Schröder, „ich will die großen Fische, die diese Leute versklaven und abkassieren.“

Beckbach nickte. „Wenn du Hilfe brauchst, ich bin dabei.“

Er lächelte, denn das Du war ihm wie selbstverständlich über die Lippen gekommen.

Ute Schröder lächelte zurück.

Mittlerweile hatten sie das Büro erreicht, und eine sichtlich überraschte Rita Blome öffnete die Tür.

„Schon wieder Sie?“, fragte sie schnippisch.

„Wir schon wieder", kam die Antwort der Besucher wie aus einem Mund, und Beckbach ergänzte: „Und bestimmt nicht zum letzten Mal."

„Es tut mir leid, aber Herr Schibulski ist nicht im Hause. Er hat einen Termin mit der Stadtverwaltung."

Beckbach glaubte ihr kein Wort. „Dann bestellen Sie ihm doch bitte, sich umgehend bei uns zu melden. Wir hätten da noch einige Fragen."

„Ich wette auf Bitzes Kaltblüter, dass Schibulski irgendwo im Büro war", sagte Beckbach zu Ute Schröder, als sie ins Auto stiegen.

## Am Mittag des Tages

Auf Monique konnte er sich verlassen. „Nette Anzahlung", feixte er, als er den Scheck einsteckte.

„Das ist für dich, meine Liebe." Er reichte Monique einen Umschlag.

„Du weißt, wo du mich findest", flötete sie und verließ den Raum, der wie immer abgedunkelt war. Sie wusste, dass er Licht scheute. Eine seiner Eigenarten, die sie nicht verstand, aber akzeptierte.

Er blieb allein zurück. Jetzt war die Zeit gekommen, sich um den Versager Quast zu kümmern. Solange der in Bottrop herumlief, stellte er eine Gefahr dar.

Der Mistkerl hatte tatsächlich versucht, ihn zu bescheißen. Dafür würde er sterben. Er dachte an die Rumänen, denen er den Job bei Schibulski vermittelt hatte. Sie hatten doch bewiesen, wozu sie imstande waren. Vielleicht sollte er sie auf Quast ansetzen. Vorher müsste er aber noch mit einigen Leuten telefonieren.

***

Als Beckbach und Ute Schröder ins Kommissariat zurückkamen, hatte Gaby Greilo ihnen bereits alles zusammengestellt, was sie über Hanno und Erwin Quast herausgefunden hatte. Das war nicht gerade viel. Es gab keine Vorstrafen, und auch sonst waren die Brüder nirgends aufgefallen.

Hanno Quast hatte eine Freundin in der Gladbecker Straße, eine gewisse Carola Köhler.

„Die sollten wir mal vernehmen", sagte Beckbach.

Ute Schröder stimmte zu, und sie machten sich gleich auf den Weg.

***

In der Küche herrschte eine trügerische Stille, während Kippen-Kurt und Erwin Quast ihren Kaffee tranken. Jeder hing seinen Gedanken nach. Im Radio lief ein Beitrag über den Erweiterungsbau der Hochschule Bottrop, der nach zögerlichem Beginn endlich Fahrt aufnehmen sollte. Quast dachte an Schibulski. Hatte er den Auftrag doch noch bekommen? Für die Arbeitskräfte hatte bestimmt Velotti gesorgt, vor dem er sich versteckte und der bestimmt nicht aufhören würde, ihn zu jagen. Deshalb musste er auch so schnell wie möglich verschwinden. Mittlerweile sendete das Radio einen Aufruf der örtlichen Polizeibehörde. Darin ging es auch um eine Wohnung in der Blumenstraße. Kippen-Kurt wurde hellhörig. Es ging offenbar um die Männer, die er beobachtet hatte. Er lächelte wieder. Tatort Bottrop – und er mittendrin.

„Hast du das gehört?", unterbrach Quast die Stille. „Das ist doch diese Straße."

Kurt sah ihn aus den Augenwinkeln an. „Mag sein, aber mich interessiert es nicht, was in der Nachbarschaft vorgeht."

Damit war das Thema für ihn beendet. Immer größer wurde sein Wunsch, Quast wieder loszuwerden. Warum habe ich ihn bloß in die Wohnung gelassen?, fragte er sich. Das Telefon unterbrach seine Gedanken. Er ging in den Flur und nahm ab.

„Das war aber ein kurzes Gespräch", meinte Quast ein paar Augenblicke später, als Kurt zurück in die Küche kam.

„Ein alter Freund, der später noch vorbeikommen will", lautete Kurts Antwort.

Vielleicht ist es ja gut, dass Aldo kommen will, dachte er und hoffte, so einen Weg zu finden, diese Laus, die sich gerade in seinen Pelz gesetzt hatte, zu entfernen. Auf jeden Fall freute er sich, Velotti wiederzusehen. Er erinnerte sich an die Zeiten, als er mit ihm regelmäßig zum Trabrennen nach Recklinghausen gefahren war. Aldo war immer schon eine coole Sau gewesen. Stets teure Klamotten, Geldklammer in der Tasche und einen gleichermaßen scharfen Blick für schöne Frauen und schnelle Traber. Eines Tages war Velotti plötzlich abgetaucht. Kurt hatte nie genau erfahren, was in den folgenden Jahren mit ihm passiert war. Er hatte gehört, dass er es mit Bank- und Börsengeschäften zu viel Geld gebracht hatte und es kaum noch dicke Transaktionen in Bottrop gab, bei denen Aldo Velotti seine Finger nicht im Spiel hatte. Von daher war es bestimmt kein Nachteil, die alte Freundschaft wieder aufzuwärmen. Kurt freute sich auf den angekündigten Besuch seines alten Kumpels.

Quast riss ihn aus den Gedanken.

„Könntest du mir einen Gefallen tun?", fragte er.

„Kommt drauf an", gab Kurt mürrisch zurück.

„Kannst du mir für heute deinen Wagen leihen?"

Kurt glaubte nicht richtig zu hören. Dachte Quast wirklich, er hätte es mit einem Vollidioten zu tun?

„Hör mir jetzt mal gut zu“, zischte er. „Ich gebe dir jetzt noch genau fünf Minuten. Dann bist du raus hier, ohne meinen Wagen. Ist das klar?“

Quast grinste zurück. „Und wenn nicht?“

Kurt wollte gerade etwas erwidern, als es klingelte. Das musste Aldo Velotti sein. Er ließ Quast stehen und ging zur Tür. Velotti hatte sich kaum verändert. Er trug das immer noch dunkle Haar kurz geschnitten. Das kräftige Kinn prägte sein markantes Gesicht, und der Gang erinnerte an das Schleichen eines Panthers. Seinen schmalen, dunklen Augen schien nichts zu entgehen.

„Hallo“, begrüßte Velotti Kurt mit leiser, aber schneidender Stimme. „Lange nicht gesehen.“

Kurt wollte ihm die Hand schütteln, zog aber zurück, als er erkannte, dass Velotti keine Anstalten machte, den Handschlag zu erwidern.

„Bist du allein?“, fragte Velotti.

Bevor Kurt antworten konnte, stand Quast im Durchgang zur Küche. Er sah Velotti, und alle Farbe wich aus seinem Gesicht. Er öffnete den Mund, aber kein Wort kam heraus.

Kurt spürte die ungeheure Spannung zwischen den beiden Männern. Er starrte Velotti an, der Quast grinsend musterte.

***

Die Rumänen saßen in ihrem Wohnwagen und schmiedeten einen Plan. Duriel Munescu hatte längst das Kommando übernommen.

„Wenn dieser Bauunternehmer glaubt, uns hier wie Tiere hausen lassen und uns ausnutzen zu können, dann hat er sich getäuscht.“

„Was hast du vor?“, fragte Ilie, der Duriel blind vertraute.

„Erst mal sehen, was es hier in Bottrop zu holen gibt. Wir werden uns von nichts und niemandem stoppen lassen und uns alles nehmen, was wir wollen. Ganz zum Schluss schnappen wir uns den Alten."

„Und dann?", fragte ein anderer.

„Dann werden wir sehen, was der Alte wert ist", grinste Duriel hämisch.

Gemurmel und Raunen breitete sich im Raum aus.

„Ruhe!", bellte Duriel.

„Zunächst müssen wir an einen Wagen kommen. Adam und Sani, ihr kümmert euch darum, und zwar sofort."

Die Angesprochenen schnappten ihre Jacken und zogen los.

„Ilie und Valon, ihr besorgt Handys, wir brauchen mindestens noch drei."

Ein Kopfnicken und schon waren sie unterwegs.

Duriel blieb allein zurück und machte sich daran, den Plan weiter auszuarbeiten.

Adrian hatte versagt, das wusste er.

Duriel wusste immer noch nicht, warum Adrian nicht zurückgekommen war. Vielleicht wusste der Mann mit den schmalen Augen mehr, aber auch den hatte er lange nicht mehr gesehen. Letztlich war es ihm auch egal. Er wollte so schnell wie möglich zurück nach Rumänien und das mit viel Geld in der Tasche. Lange Zeit war es ein Traum gewesen. Jetzt würde er ihn wahrmachen. Dazu war ihm jedes Mittel recht, und keiner würde ihn aufhalten.

***

Carola Köhler saß zusammengesunken in ihrem Wohnzimmer und schüttelte den Kopf. Tränen liefen ihr über die Wangen.

„Hanno war doch noch so jung und konnte keiner Fliege was zuleide tun“, stammelte sie.

Beckbach und Schröder saßen der jungen Frau gegenüber. Nach einer Weile fragte Ute Schröder. „Haben Sie eine Ahnung, was Ihr Freund in der Blumenstraße wollte?“

„Nein“, antwortete Carola Köhler, „er hat nur gesagt, er müsse etwas für seinen Bruder erledigen. Es werde nicht lange dauern, und er wolle mich dann abholen.“ Sie schluchzte. „Wir hatten doch Karten für das Konzert mit Roger Hodgson in der Zeche Bochum.“

Beckbach schmunzelte innerlich. Dieses Konzert hätte Bitze sich bestimmt auch nicht entgehen lassen.

„Ich habe tausendmal versucht, Hanno anzurufen, aber er ging nicht an sein Handy. Auch seinen Bruder habe ich nicht erreicht“, fuhr Carola Köhler fort.

„Wie war das Verhältnis der beiden Brüder?“, wollte Beckbach wissen.

„Erwin war so eine Art Vaterersatz für Hanno. Ihre Eltern starben vor 18 Jahren bei einem Verkehrsunfall. Seitdem kümmerte sich Erwin um Hanno. In der letzen Zeit hatte sich Erwin allerdings verändert. Hanno beklagte sich oft bei mir, sein Bruder habe kaum noch Zeit für ihn. Er vermutete, dass es an der Frau lag, mit der Erwin zusammenlebte.“

„Kannten Sie die Frau?“, fragte Beckbach.

„Nein“, sagte Carola Köhler, „und auch Hanno hat sie nie kennengelernt.“

„Was machte Ihr Freund denn beruflich?“, hakte Ute Schröder nach.

Carola Köhler zögerte einen Augenblick. „Hanno war gelernter Industriekaufmann, hat aber schon längere Zeit nicht mehr in seinem Beruf gearbeitet. Erwin besorgte ihm ab und an einen Job, meistens bei Schibulski. Erwin prahlte oft damit, dass die Firma ihm eines Tages gehören würde.“

Beckbach wurde hellhörig. „Wieso das?“

„Hanno hat mir erzählt, sein Bruder habe jemanden mit Geld und Einfluss kennengelernt, der ihn zu seiner rechten Hand machen werde. Dann sei es vorbei mit Schibulski.“

„Wissen Sie mehr darüber?“ Auch Ute Schröder war jetzt hellwach.

„Mehr weiß ich leider nicht, nur dass Erwin plötzlich mit dieser Frau zusammenlebte, kurz nachdem er sich von Petra Cross getrennt hatte.“

Beckbach runzelte die Stirn. Wo hatte er diesen Namen schon gehört?

„Kannten Sie denn Petra Cross?“, fragte er Carola Köhler.

„Natürlich, sie arbeitet beim alten Witt in der Verwaltung, und wir haben früher oft etwas zusammen unternommen.“

„Schrottplatz Witt?“, fragte Beckbach.

„Ja, bei Zar Schrotti.“ Zum ersten Mal lächelte Carola Köhler ein wenig.

Beckbach und Schröder bedankten sich bei der jungen Frau. Wenn sie etwas von Erwin Quast hörte, sollte sie sich melden.

„Was wird denn nun mit Hanno?“, wollte Carola Köhler zum Abschied wissen. „Kann ich ihn noch mal sehen?“

„Ich schaue, was ich für Sie tun kann“, antwortete Beckbach. „Aber der Bruder als einziger Angehöriger müsste sich eigentlich darum kümmern. Ich werde mich bei Ihnen melden, wenn ich mehr weiß.“

„Wir sollten direkt zu diesem Schrotthändler fahren“, sagte Ute Schröder, als sie wieder im Wagen saßen, „vielleicht kann uns ja diese Petra Cross weiterhelfen.“

Beckbachs Handy klingelte. Als er die Stimme am anderen Ende erkannte, hellten sich seine Gesichtszüge auf. Es war Bitze.

„Wo steckst du, Becki?“, fragte der. „Ich sitze im Büro und warte auf dich.“

„Wir fahren gerade raus zum Schrottplatz. Da arbeitet eine Petra Cross, die uns in der Sache der Quast-Brüder vielleicht weiterhelfen kann.“

„Wir?“ Bitze wirkte für einen Augenblick irritiert. „Ach ja, du hast ja jetzt auch eine Staatsanwältin.“

„Die dich unbedingt kennenlernen will“, sagte Beckbach. „Wir sehen uns dann beim alten Witt.“

„Der Kollege ist zurück?“, fragte Ute Schröder, als Beckbach das Gespräch beendet hatte. „Bin gespannt, ihn zu sehen.“

„Ich freue mich auch“, sagte Beckbach, der sicher war, dass jetzt Bewegung in die Sache kam.

Bitze sprühte vor Tatendrang. In ein paar Tagen würde auch Ellen Schrader zurück in Kirchhellen sein, zwar noch nicht wieder im Einsatz, aber immerhin zu Hause, und sie könnten endlich ihren blöden Streit begraben.

„Bin unterwegs zum Schrottplatz Witt!“, rief er Gaby Greilo zu, als er das Büro verließ, froh, wieder ermitteln zu können.

## Aldo Velotti

Unheilvolle Stille lag in der Wohnung. Kühn schaute zu Quast und dann zu Velotti, der Quast mit eiskaltem Blick fixierte.

„Hast du noch was zu sagen?“, fragte Velotti und zog einen kurzläufigen Revolver aus der Tasche.

Kurt riss die Augen auf und begann zu zittern. So intensiv hatte er nicht Tatort spielen wollen.

Was hatte Velotti mit Quast vor?

Natürlich war Quast ein arrogantes Arschloch, aber ein Mord in seiner Wohnung?

Velotti ging auf Quast zu und drückte ihm den Revolverlauf vor den Bauch.

„Schön, dich so schnell wiederzusehen", zischte er. „Du weißt doch, was ich mit Leuten mache, die mich reinlegen wollen?"

Quast dachte an den Abend im Stenkhoff-Bad und spürte, wie ihm am ganzen Körper der Schweiß ausbrach.

„Hilf mir!", flehte er Kippen-Kurt an.

Ein Blick von Velotti, und Kurt war klar, dass er sich besser nicht einmischte, wenn ihm sein Leben lieb war.

Plötzlich ging alles sehr schnell. Mit einer kaum wahrnehmbaren Bewegung holte Velotti aus und schlug Quast den Revolverlauf gegen die Schläfe. Ohne einen Laut von sich zugeben, sank Quast zu Boden.

„Hast du einen Keller?", fragte Velotti.

Kurt nickte.

„Gut. Dann werden wir ihn dort erst mal ablegen. Ich kümmere mich später um ihn."

Als sie Quast gefesselt und geknebelt im Keller zurückgelassen hatten, fragte Kühn: „Was willst du eigentlich von mir?"

Velotti blickte ihn scharf an. „Als Erstes einmal: Du hast nichts gehört oder gesehen. Ich brauche jemanden, der sich in Bottrop genau auskennt und einige kleine Aufträge für mich erledigt. Da bist du mir eingefallen. Wir waren doch früher schon ein starkes Team."

Kippen-Kurt war erleichtert und fühlte sich geschmeichelt. Der große Velotti brauchte ihn. Vergessen war die Szene in seiner Wohnung und der Mann in seinem Keller.

„Ich bin dabei", sagte er, und diesmal erwiderte Velotti seinen Handschlag.

***

Beckbach und Ute Schröder trafen zeitgleich mit Bitze vor der Schrotthandlung Witt ein.

Bitze schmunzelte, als er seinen Kollegen neben der jungen Staatsanwältin sah. So einen Gesichtsausdruck hatte er bei Beckbach noch nie gesehen.

„Schön, dich zu sehen." Beckbach umarmte Bitze zur Begrüßung. „Darf ich vorstellen, Ute Schröder von der Staatsanwaltschaft Recklinghausen."

Bitze spürte den festen Händedruck der Staatsanwältin. Der gefiel ihm genauso wie Ute Schröders offener Blick. Als sie den Schrottplatz betraten, hatte Bitze das Gefühl, nie in Berlin gewesen zu sein.

Der alte Witt öffnete ihnen persönlich die Tür und wirkte überrascht, als Bitze nach Petra Cross fragte.

„Was wollen Sie denn von Frau Cross?"

„Das werden wir ihr selber sagen", warf Beckbach ein.

„Kannten Sie eigentlich den Hanno Quast?"

Witt überlegte kurz und verneinte.

„Gut", sagte Ute Schröder, „dann würden wir jetzt gerne mit Ihrer Mitarbeiterin sprechen."

Witt führte sie in ein kleines Büro und stellte ihnen Petra Cross vor. Sie machte einen sympathischen Eindruck.

„Was kann ich für Sie tun?", fragte sie.

„Es geht um Erwin Quast", begann Ute Schröder.

Petra Cross zog die Brauen zusammen.

„Eigentlich wolle ich mit diesem Arschloch nichts mehr zu tun haben", sagte sie. „Von mir aus soll ihn der Teufel holen."

„Wenn er ihn nicht schon hat", bemerkte Beckbach. „Wann haben Sie Quast denn zum letzten Mal gesehen?"

Petra Cross musste nicht lange überlegen. „Vor drei Tagen, da habe ich ihm gesagt, dass sein Bruder Hanno auf unserem Platz tot in Schibulskis Firmenwagen gefunden worden ist. Er hat es mir nicht geglaubt, dieser arrogante Mistkerl, und mich ausgelacht. Dachte wirklich, er wäre jetzt was Besseres. Lebte plötzlich mit einem Model zusammen, fuhr einen nagelneuen Porsche und prahlte, bald ganz oben zu sein, dieser Vollpfosten. Hatte völlig vergessen, wo er herkommt und wer ihm immer zur Seite gestanden hat. Selbst seinen kleinen Bruder hat er im Stich gelassen."

Bitze schaute Beckbach und Ute Schröder an, die den Wortschwall der jungen Frau aufmerksam verfolgt hatten.

„Danach haben Sie ihn nicht mehr gesehen?", fragte er. „Und Sie wissen auch nicht, wo er sein könnte?"

„Wo soll er schon sein? Wahrscheinlich in dieser Prachtbude, die er seit kurzem bewohnt."

„Sie können uns nicht sagen, wie er an dieses Haus mit allem, was dazugehört, gekommen ist?"

Petra Cross zuckte die Achseln. „Keine Ahnung. Kurz vor unserer Trennung hat er mal von einem Mann erzählt, der ihm viel Geld angeboten hatte. Ich kann aber nicht sagen, wie viel und wofür. Kurz danach hat er mich abgelegt wie ein altes Hemd und per SMS Schluss gemacht, die feige Ratte. Ich wollte, dass er es mir ins Gesicht sagt, aber nicht einmal das hat er für nötig gehalten."

„Wenn er sich dennoch bei Ihnen meldet, dann teilen Sie uns das bitte mit."

Bitze reichte Petra Cross seine Karte, und sie verabschiedeten sich.

***

Zurück im Präsidium setzten sie sich in Bitzes Büro. Für Ute Schröder die Gelegenheit, sich näher mit Bitze bekanntzumachen.

Sie hatte sich den eigenwilligen Kommissar ganz anders vorgestellt, wesentlich introvertierter, rauer und unnahbarer. Bitze erschien ihr hingegen, offen und äußerst freundlich.

Von Anfang an hatte auch die junge Staatsanwältin einen positiven Eindruck auf Bitze gemacht, und er konnte es kaum abwarten, Ellen Schrader zu berichten, welches Glück sie mit ihrer Vertretung hatten. Das war schon mal anders gewesen. Er wollte gar nicht erst an den Kollegen Kahr-Nickel denken.

Und er spürte, wie Beckbach bei der Anwesenheit Ute Schröders aufblühte. Jetzt mussten sie nur noch den rätselhaften Fall lösen.

„Lasst uns mal alle Erkenntnisse zusammenfassen“, schlug Bitze vor.

„Erwin Quast träumt vom großen Geld und findet anscheinend jemanden, der es ihm bieten will.“

„Aus welchem Grund? Und was muss Quast dafür tun?“, warf Beckbach ein.

„Vielleicht hat es etwas mit den Aushilfskräften bei Schibulski zu tun“, sagte Ute Schröder.

„Leiharbeiter aus dem Osten?“ Beckbach runzelte die Stirn. „Dann sollte Quast diese Leute wahrscheinlich vermitteln, betreuen und anleiten.“

„Doch irgendwas läuft schief.“ Bitze zeigte auf die Bilder an ihrer Pinnwand. „Und es gibt Tote.“

***

„Pass auf!“, sagte Velotti und sah Kurt mit zusammengekniffenen Augen an, denn das Licht, das durch das große Fenster in Kurts Wohnung fiel, blendete ihn. Der bemerkte es und zog die Gardinen zu.

„Du kennst doch bestimmt die Baufirma Schibulski."

Kurt nickte.

„Der alte Fuchs hat gerade einen fetten Auftrag beim Neubau der Hochschule Ruhr-West ergattert, obwohl ihm eigentlich das notwendige Personal und auch Material fehlen. Quast war mein Mann, um dort mit abzugreifen, aber er hat versagt. Trotzdem habe ich Leiharbeiter aus Rumänien in die Firma eingeschleust. Soweit ich weiß, hat Schibulski sie in zwei Wohnwagen in der Nähe des Hans-Sachs-Platzes untergebracht."

Rumänische Leiharbeiter? Kurt dachte sofort an seine Beobachtungen der vergangenen Tage, und ihm wurde einiges klarer.

„Was soll ich tun?", fragte er.

„Finde raus, wo die Rumänen sind, beobachte sie und sag mir Bescheid. Ich habe das Gefühl, dass ich diese Typen nicht aus den Augen lassen darf. Außerdem brauche ich sie noch, um mich an Schibulski zu rächen."

Velotti reichte Kurt eine Visitenkarte. „Hier, unter diesen Nummern kannst du mich immer erreichen. Es soll nicht dein Schaden sein, wenn du zu meiner Zufriedenheit arbeitest."

So lautlos, wie er gekommen war, verschwand Velotti wieder und ließ einen verblüfften Kurt zurück.

Der schaute auf die Visitenkarte, nahm seine Jacke, steckte sich noch zwei Packungen Zigaretten ein und verließ seine Wohnung.

Auf der Treppe fiel ihm Quast ein, der ja noch im Keller lag. Vielleicht sollte ich kurz nach ihm schauen, dachte Kurt. Im Flur bemerkte er, dass die Kellertür offen stand. Von Quast war weit und breit nichts mehr zu sehen. Er überlegte, Velotti anzurufen, ließ es dann aber doch sein.

Zunächst musste er den Job erledigen.

Eigentlich war er froh, dass Quast nicht mehr im Haus war.

***

„Irgendwo muss Quast doch abgeblieben sein." Bitze blickte in die Runde. „Wir sollten uns sein Haus vornehmen. Vielleicht finden wir dort neue Hinweise."

„Ich kümmere mich um einen Durchsuchungsbeschluss", sagte Ute Schröder und verließ den Raum.

Beckbach schaute ihr nach.

Bitze musste schmunzeln.

„Was gibt es da zu grinsen?"

„Alles gut, Becki", erwiderte Bitze, der sich nicht erinnern konnte, dass sein Kollege jemals einer Frau so nachgeschaut hatte.

Bevor die beiden Kommissare aber weiterflachsen konnten, kam Ute Schröder zurück. Sie hatte bereits alles geregelt, und das Team konnte Richtung Stadtrand starten.

Schnell hatten sie Quasts Haus erreicht. Der Porsche stand noch immer in der Einfahrt. Auch nach mehrmaligem Klingeln gab es keine Reaktion.

Für Bitze war es kein Problem, die Tür zu öffnen.

„Wie wollen wir vorgehen?", fragte er, als sie in der Diele standen. Eine breite Treppe führte in die obere Etage, die wie eine Galerie wirkte.

„Nicht schlecht", meinte Ute Schröder. „Das könnte mir auch gefallen."

„Umso ungewöhnlicher, das alles einfach so stehen und liegen zu lassen", sagte Bitze und gab den anderen ein Zeichen, ihm nach oben zu folgen.

„Schaut mal“, rief Beckbach, der im Schlafzimmer stand, „das Bett ist noch nicht gemacht, und wenn mich nicht alles täuscht, haben zuletzt zwei Personen darin gelegen.“

„Man riecht hier an allen Ecken und Enden, dass eine Frau da war“, stellte Ute Schröder fest und lächelte Beckbach dabei an.

Alles in allem gab die Wohnung wenig her. Im großen Schiebetürenschrank des Schlafzimmers fanden sie ausschließlich Herrengarderobe. Nur der Duft in der Luft zeugte davon, dass hier eine Frau gewesen sein musste.

„Was ist hier passiert?“, fragte Bitze. „Gab es einen Streit? Ist die Frau daraufhin ausgezogen?“

„Es sieht aber nicht so aus, als ob Quast vorgehabt hätte, die Wohnung für immer zu verlassen. Immerhin steht sein Auto noch in der Einfahrt“, vermutete Beckbach

Bitze überlegte. „Am besten lassen wir das Haus für einige Zeit observieren. Wenn Quast zurückkommt, haben wir ihn.“

Er rief den Kollegen Hubrich, seinen Spezialisten für solche Aufgaben, an, und sprach mit ihm die weitere Vorgehensweise ab. So würde ihnen der Fisch vielleicht ins Netz gehen.

Sie beschlossen, noch einmal bei Schibulski anzusetzen, denn da hatte Quast ja lange gearbeitet.

„Diesmal sollten wir dem aber mal richtig auf den Zahn fühlen“, sagte Beckbach, als sie wieder auf der Straße standen.

In diesem Augenblick fuhr ein Abschleppwagen der Firma Mundstock vor. „Was wird das?“, rätselte Bitze und ging zum Fahrer des Lkw.

Er zückte seinen Dienstausweis. Der Fahrer präsentierte seinerseits den schriftlichen Auftrag, den Porsche abzuholen. Unterschrieben von einer Monique Lacroix.

„Wo sollen Sie den Wagen denn hinbringen?“, fragte Beckbach.

„Zunächst zu uns auf den Hof. Frau Lacroix ist momentan im Ausland unterwegs und will sich nach ihrer Rückkehr um den Porsche kümmern."

„Eine komische Geschichte." Ute Schröder drehte sich noch einmal zum Haus um.

„Also, wenn ihr mich fragt, dann ist diese Lacroix die Frau, die mit Quast hier gewohnt hat", sagte Beckbach und gab das Kennzeichen zur Überprüfung an Gaby Greilo durch.

Kurze Zeit später kam die Antwort. Der Porsche war tatsächlich auf eine Monique Lacroix gemeldet.

„Auch eine Möglichkeit, sein Auto abzuholen", sagte Bitze lachend.

„Monique Lacroix", wiederholte Ute Schröder, „ein neuer Name auf unserer Liste."

Schweigend kehrten die Beamten ins Kommissariat zurück. Es war spät geworden. Sie entschieden sich, für heute Schluss zu machen und am nächsten Morgen bei Schibulski vorbeizufahren.

Bitze war das ganz recht, und als er zu Hause in Kirchhellen war, rief er gleich Ellen in Berlin an. Voller Freude hörte er, dass sie bereits in zwei Tagen nach Bottrop kommen würde.

„Bis dahin habe ich alles vorbereitet, Schatz", versicherte Bitze, der es kaum erwarten konnte, Ellen wieder in seine Arme zu schließen.

Er setzte sich in den großen Ohrensessel, den ihm Ellen zu Weihnachten geschenkt hatte, legte „Breakfast in America" in den CD-Player und genoss die zeitlos schöne Musik seiner Lieblingsband bei einer gekühlten Flasche Potts.

Alles wird gut, dachte er.

## Am Abend dieses Tages in Bottrop

Schon von weitem sah Kippen-Kurt die beiden Wohnwagen. Er stellte sein Auto ab und ging zu Fuß weiter. Langsam schlenderte er an den Wohnwagen vorbei und registrierte aus den Augenwinkeln, dass in einem von ihnen Licht brannte. Am Ende der Straße blieb er stehen und bemerkte einen Transporter, der kurz hinter den Wohnwagen zum Stehen kam. Zwei Männer stiegen aus. Einen erkannte Kurt sofort wieder, und er wusste genau, wo er ihn gesehen hatte. Die Männer verschwanden im Wohnwagen, und Kurt kehrte zu seinem Auto zurück. So konnte er aus sicherer Entfernung die Szenerie beobachten.

Aus Filmen wusste Kurt, dass es sinnvoll war, von Beobachtungen Fotos zu machen. So kam seine digitale Spiegelreflexkamera endlich einmal zum Einsatz.

Velotti würde zufrieden sein. Zwei weitere Männer näherten sich den Wohnwagen. Durch das die Kamera konnte er ihre Gesichter sehen, und die waren nicht unbedingt vertrauenerweckend.

Die Männer blieben nicht lange im Wohnwagen. Kurze Zeit später stiegen alle in den Transporter und fuhren los. Kurt startete seinen Wagen und folgte ihnen in einigem Abstand. Die Männer fuhren anscheinend ziellos durch die Gegend. Schließlich erreichten sie Fuhlenbrock und bogen in die Herderstraße ein. Kurt erinnerte sich an seine alte Freundin Karolin Blum, die dort beim TC Waldfriede jahrelang Tennis gespielt hatte. Er sah am Rande der Anlage viele geparkte Autos. Offenbar fand im Vereinsheim eine Feier statt. Der Transporter hielt am Ende der geparkten Fahrzeuge, und die Männer stiegen aus.

Die wollen doch im Leben kein Tennis spielen. Schon nicht um diese Zeit, ging es Kurt durch den Kopf. Er konnte sich auch nicht vorstellen, dass diese Typen zur Festgesellschaft des Tennisclubs gehörten. Langsam stieg er aus und näherte sich der Anlage. Im Vereinsheim standen viele Leute plaudernd an Stehbiertischen. In einer Ecke entdeckte er einen blassen Klavierspieler, der die Hintergrundmusik lieferte. Nur wenige Geräusche drangen nach außen.

Kurt sah, wie die Männer um die Ecke des Gebäudes Richtung Eingang verschwanden.

Plötzlich rissen sie die Tür des Clubheims auf und stürmten hinein. Zwei von ihnen hielten eine Pistole in der Hand. Kreidebleich nahmen die Menschen im Raum ihre Arme in die Höhe.

Nur der Pianist schien von alldem nichts mitzubekommen und spielte munter weiter. Kurt glaubte die Melodie „The Entertainer" aus dem Film „Der Clou" zu hören.

Geistesgegenwärtig hatte er das ganze Geschehen in einer Serie von Fotos festgehalten.

Die Männer filzten die Leute im Saal und nahmen ihnen sämtliche Wertgegenstände ab. Brieftaschen und Handys wechselten ihren Besitzer, Uhren wurden von Gelenken abgezogen, und auch die Damen blieben nicht verschont. Keine Kette blieb am Hals der Besitzerin, kein Ohrring am Läppchen.

Mittlerweile hatte auch der Pianospieler aufgehört zu klimpern und hockte noch käsiger als zuvor hinter seinem Instrument. Dann wurde die Festgesellschaft in einen Nebenraum getrieben und eingeschlossen. Die Männer machten sich in aller Seelenruhe daran, das üppige Buffet zu plündern.

Kurt hatte genug gesehen und beschloss, das Weite zu suchen, bevor die Situation für ihn brenzlig würde.

Er setzte sich in sein Auto und wartete im Schutz der Dunkelheit auf die Männer, die nach einiger Zeit lachend zu ihrem Transporter gingen und ein völlig dunkles Vereinsheim zurückließen. Bevor Kurt ihnen nachfuhr, wählte er den Notruf 110 und meldete einen Überfall auf der Anlage des TC Waldfriede. Er hatte keine Zeit, sich um die Überfallenen zu kümmern, denn schließlich hatte er ja einen Auftrag zu erfüllen.

## Der nächste Tag

Bitze hatte schlecht geschlafen. Ellen fehlte ihm, und so stand er schon früh auf, schaute nach seinen beiden Kaltblütern im Stall und versorgte die Pferde mit frischem Heu und Stroh. Bald würden sie auch wieder auf die Weide können, dachte er, und ihm fiel ein, dass der Zaun vorher repariert werden musste. Er würde seine Nachbarin Grete Vonhoff bitten, sich darum zu kümmern. Vor langer Zeit hatte sie die beiden Tiere auf Bitzes Hof gebracht und sich immer an deren Versorgung beteiligt.

Die ersten Sonnenstrahlen schienen zaghaft auf Bottrop, als Bitze sein Büro betrat. Mit mechanischer Gewohnheit holte er sich einen Kaffee am Automaten und fuhr seinen Computer hoch. Eine neue E-Mail weckte sofort sein Interesse. Das Revier Bottrop-Mitte meldete einen Überfall auf eine Gesellschaft im Clubheim des TC Waldfriede am vergangenen Abend. Bewaffnete Männer waren gewaltsam eingedrungen, hatten die Feiernden um all ihre Wertgegenstände erleichtert. Ein anonymer Anrufer hatte den Überfall gemeldet. Als die Beamten am Clubheim eingetroffen waren, hatten sie die Festgesellschaft in einem kleinen Raum eingeschlossen vorgefunden.

Glücklicherweise war niemand ernsthaft verletzt worden. Nur der Schreck saß allen noch in den Gliedern. Es hatte fast die gesamte Nacht gedauert, alle gestohlenen Wertsachen aufzulisten.

Klassischer Raubüberfall, dachte Bitze und nahm sich vor, auf jeden Fall beim Revier Mitte nachzufragen.

Kurze Zeit später traf auch Beckbach in der Dienststelle ein.

„Deine Staatsanwältin ist noch nicht da“, grinste Bitze.

Beckbach ging gar nicht darauf ein.

„Sag mal lieber, wann deine Staatsanwältin zurückkommt.“

Sofort hellte sich Bitzes Miene noch mehr auf.

„Wir haben heute schon telefoniert. Wenn alles klappt, wird sie morgen nach Kirchhellen gebracht.“

Bitze zeigte Beckbach die E-Mail über den Raubüberfall und schaute ihn fragend an. „Das Vorgehen erinnert mich an den Überfall auf den Supermarkt. Es könnte durchaus sein, dass wir es mit einer Einbruchsserie zu tun haben. Wir sollten der Sache auf jeden Fall nachgehen. Vielleicht stecken sogar unsere rumänischen Freunde dahinter.“

Beckbach nickte und griff zum Telefon, das in diesem Augenblick läutete. Es war Ute Schröder, die ihm mitteilte, dass sie in den nächsten Tagen ausfallen würde. Eine leichte Grippe hatte sie erwischt, aber telefonisch wäre sie jederzeit erreichbar.

„Zieh nicht so ein Gesicht“, flachste Bitze, „sie kommt ja wieder.“

„Wo war der Überfall?“ Beckbach tat, als hätte er nichts gehört und las stattdessen noch einmal die E-Mail.

„Wollten wir nicht auch noch bei Schibulski vorbei?“ Beckbach warf Bitze einen fragenden Blick zu.

„Worauf warten wir dann noch?“

Bitze nahm seine Jacke, und wenig später saßen sie im Panda, hörten „Hide in your shell“ und überlegten sich, wie sie dem windigen Bauunternehmer auf die Schliche kommen könnten.

***

Duriel war zufrieden. Seine Männer hatten gute Arbeit geleistet. Er wusste, sie würden jetzt für ihn durchs Feuer gehen. Auf dem Tisch lagen die Beutestücke aus dem Tennisheim. In Rumänien würden sie viel Leu dafür bekommen. Die Männer waren bester Laune. Der gestrige Abend hatte ihnen Spaß bereitet.

Es sollte nicht der letzte Fischzug dieser Art gewesen sein, dachte Duriel und machte sich mit seinen Männern bereit, um zur Arbeit an der Hochschul-Baustelle zu fahren. Niemand sollte merken, was sie wirklich im Schilde führten.

Sie würden den Eindruck fleißiger und gewissenhafter Bauarbeiter machen.

## Morgenstimmung in der Heide

Die Strahlen der Morgensonne fielen durch die Bäume der Kirchheller Heide, und Tau lag noch auf den Feldern, die im steten Wechsel mit den ausgedehnten Wäldern die Landschaft dort prägen. Wanderer, Radfahrer und auch Reiter finden dort ideale Bedingungen vor, und die Heide ist ein wichtiger Erholungsort für Bottrop und Umgebung.

Von alldem bekam Erwin Quast nicht mehr viel mit. Mühsam versuchte er die Augen aufzuschlagen. Sein Kopf dröhnte wie ein Hammerwerk. Allmählich setzte die Erinnerung ein. Zwei Kerle hatten ihn aus einem Keller geholt. An mehr konnte er sich nicht erinnern. Langsam versuchte er aufzustehen, aber seine Beine knickten sofort ein, und ihm wurde schwindelig. Vorsichtig betastete er sein Gesicht und fühlte die Schwellungen an Nase und Mund. Instinktiv spürte er die Nähe von Menschen. Seine geschwollenen Augen nahmen die Umgebung nur schemenhaft wahr. Trotzdem erkannte er die hochhackigen Schuhe und die schlanken Waden einer Frau vor ihm.

Sie wird mich doch wohl nicht hier so liegen lassen?

Er versuchte etwas zu sagen, aber nur lallende Geräusche kamen über seine blutigen Lippen.

Wie von ganz weit her hörte er die Stimme der Frau.

„Erledigt den Versager!“

Danach hörte und sah er nichts mehr.

Wanderer fanden die Leiche eine Stunde später. Ihre aufgerissenen Augen starrten in die Baumwipfel. In Erwin Quasts Stirn war ein kleines Loch und die Spur von getrocknetem Blut.

Bitze und Beckbach hatten gerade das Bauunternehmen Schibulski erreicht, als Gaby Greilo anrief und mitteilte, dass in der Kirchheller Heide eine Leiche gefunden worden sei. Sie hatte die Spurensicherung in Recklinghausen schon informiert.

„Dann muss Schibulski warten“, knurrte Bitze und wendete den Wagen.

Während der Fahrt sinnierte Bitze, wann er das nächste Mal mit Ellen in der Heide eine Radtour unternehmen könnte. Es würde bestimmt noch dauern, denn zunächst musste sie völlig gesund werden.

„Ich sag dir was, Becki. Eine meiner besten Entscheidungen war, den alten Hof in Kirchhellen zu kaufen.“

Beckbach nickte geistesabwesend und schaute Bitze an: „Drei Tote in kürzester Zeit sind doch kein Zufall.“

„Mir wird langsam einiges klarer, aber die Zusammenhänge wollen mir nicht in den Kopf.“

Bitze dachte nach.

Einer der Toten war Hanno Quast, soviel stand fest. Die Identität der Leiche aus dem Freibad war nach wie vor ein

Rätsel, aber immerhin gab es den Hinweis auf eine osteuropäische Abstammung.

Bitze war gespannt, was sie auf der Heide erwartete. Am Rande eines kleinen Wäldchens leuchtete schon von weitem das rot-weiße Absperrband, im Wind flatternd. Davor standen zwei Beamte, die sich mit drei Männern unterhielten. Das mussten die Wanderer sein, die die Leiche entdeckt hatten. Auch die Spurensicherung mit Doktor Weidenbach an der Spitze war schon am Fundort eingetroffen.

Bitze begrüßte den Gerichtsmediziner, der sich gerade über die Leiche beugte.

„Allzu lange scheint er noch nicht tot zu sein", sagte Weidenbach, ohne aufzublicken. „Genaueres kann ich jetzt noch nicht sagen. Aber vieles erinnert mich an den Toten aus dem Freibad. Wenn mich nicht alles täuscht, deutet das Einschussloch auf dieselbe Waffe hin."

Mit diesen Worten stand er auf und ließ Bitze und Beckbach einen näheren Blick auf den Toten werfen.

„Schau dir mal die Augen an", sagte Beckbach. „Die erinnern mich an Hanno Quast."

„Du glaubst, das hier könnte sein Bruder Erwin sein?"

„Genau", sagte Beckbach und machte ein Foto mit seinem Handy. „Das Bild können wir Schibulski zeigen."

Sie sprachen noch kurz mit den Kollegen von der Spurensicherung und machten sich auf den Weg zurück nach Bottrop.

***

Kurt stand früh am Morgen auf, rauchte seine obligatorische Frühstückkippe. Dann rief er Velotti an und berichtete ihm von seinen Beobachtungen.

„Ich brauche die Fotos", sagte Velotti. „Kannst du sie mir zuschicken?"

Er gab Kurt noch seine E-Mail-Adresse und legte auf. Nachdem Kurt die Fotos auf den Weg gebracht hatte, nahm er sich vor, der Baustelle an der Hochschule einen Besuch abzustatten. Er war gespannt, ob die Ganoven dort tatsächlich arbeiteten.

Kurt hatte eigentlich nicht damit gerechnet, die Männer dort zu sehen, aber er wurde eines Besseren belehrt. Es gab keine Zweifel. Die Männer, die er in der Nacht noch beim Überfall auf das Tennisheim beobachtet hatte, schufteten auf der Baustelle.

Bitze und Beckbach fuhren direkt zu Schibulski. Doch der Bau-Mogul war schon früh zur Baustelle an der Hochschule gefahren.

„Vielleicht können Sie uns auch weiterhelfen“, sagte Bitze und schenkte Rita Blome sein schönstes Lächeln.

„Ich wüsste zwar nicht, wie“, erwiderte sie schnippisch, wurde aber von einer Sekunde zur anderen leichenblass, als Beckbach ihr das Foto auf seinem Handy zeigte.

„Das ist ja Erwin Quast“, stammelte sie fassungslos. „Was ist passiert?“

„Scheinbar hat sich Ihr ehemaliger Geschäftsführer die falschen Freunde ausgesucht“, sagte Beckbach.

„Er wurde erschossen“, fügte Bitze hinzu. „Und danke für Ihre Hilfe.“

Damit ließen sie eine entsetzte Rita Blome zurück. Wenig später hatte sie Petra Cross am Telefon.

„Da hat mal einer ein gutes Werk getan“, war das Einzige, was Quasts Exfreundin dazu sagte.

***

Velotti war zufrieden. Mit Kühn hatte er den Vasallen gefunden, den er für sein Spiel brauchte. Nachdenklich betrachtete Velotti die Fotos, und sein Blick wurde lauernd. Ich muss die Rumänen im Auge behalten, dachte er. Ich habe diese Leute doch nicht nach Bottrop geholt, damit sie hier tun, was sie wollen. Ich muss ihnen ein für allemal deutlich machen, wer der Herr im Hause ist!

Das Telefon riss Velotti aus seinen Gedanken. Er nahm ab.

„Was soll das?“, rief er aufgebracht.

„So sollte das nicht laufen! Ich denke, unsere Abmachungen waren klar. Was soll das heißen, die Lage hat sich geändert? Willst du mir etwa drohen?“

Er beendete das Gespräch, und seine Laune war noch schlechter. Ich muss sofort handeln, dachte er grimmig.

***

Zurück im Präsidium rief Beckbach Ute Schröder an und schilderte ihr die neuesten Entwicklungen. Am nächsten Tag würde auch sie wieder an Bord sein.

„Warum mussten die Quast-Brüder sterben?“ Bitze sah Beckbach fragend an.

Da ging die Tür auf, und Gaby Greilo kam mit einem Fax der Spurensicherung herein. Die Blutspuren, die in der Wohnung Blumenstraße gefunden worden waren, stammten eindeutig von Hanno Quast. Der Mann war an den Folgen massiver Gewaltanwendung gestorben.

Bitze las den Bericht zweimal durch und fragte Beckbach: „Was zum Teufel ist in dieser Wohnung vorgegangen?“

„Wir sollten noch einmal diesen Nachbarn vernehmen. Vielleicht hat er doch etwas beobachtet?“

Bitze überlegte. Der Mord an beiden Brüdern war mit Sicherheit kein Zufall. Der ältere Quast hatte mit Geschäften geprahlt, in die auch Schibulski involviert war.

Da sollten sie noch einmal ansetzen.

„Was ist mit der Frau, dieser Monique Lacroix?“, unterbrach Beckbach seinen Gedankengang. „Sie hat mit Quast auf großem Fuß zusammengelebt, wenn du mich fragst.“

„Und ihn dann fallengelassen wie eine heiße Kartoffel“, ergänzte Bitze.

Beckbach nickte. „Scheinbar hat Quast auf das falsche Pferd gesetzt, und statt Sex und Geld gab es am Ende bloß eine schnöde Kugel!“

„Welche Rolle aber spielte der junge Quast?“, hakte Bitze nach.

Beckbach kniff die Brauen zusammen.

„Wenn du mich fragst, war er lediglich der Handlanger seines Bruders.“

**Am Abend**

Kippen-Kurt hielt sich den ganzen Tag in der Nähe der Baustelle an der Hochschule auf. Er hatte einige Fotos gemacht, aber nichts Auffälliges bemerkt. Bevor die Männer von der Baustelle zurückkehrten, hatte Kurt seinen Beobachtungsposten bei den Wohnwagen bezogen.

Irgendetwas ist hier anders, dachte er.

Ein ungutes Gefühl beschlich ihn. Ängstlich schaute er sich nach allen Seiten um.

„Du siehst schon Gespenster, Alter“, versuchte er sich zu beruhigen. Kurt nahm seine Kamera und richtete sie auf die Wohnwagen. Langsam zoomte er ran und glaubte, unter einem der Wagen ein kleines Päckchen zu erkennen, das am Vortag nicht dort gelegen hatte. Oder bildete er sich das nur ein?

In diesem Moment kamen die Männer zurück. Sie lachten und blieben vor einem der Wagen stehen. Kurt fotografierte alles und sah, wie einer der Männer plötzlich stutzte und den anderen ein Zeichen gab, stehen zu bleiben.

Plötzlich drehte sich der Mann um und rannte zum Auto. Die anderen folgten ihm. Hastig stiegen sie ein und fuhren mit durchdrehenden Reifen los. Kurt war völlig perplex, als eine ohrenbetäubende Detonation den Boden vibrieren ließ und einer der Wohnwagen in Flammen aufging.

Hektisch sah sich Kurt nach allen Seiten um, aber die Männer und ihr Fahrzeug waren weg. er tippte die Nummer der Feuerwehr und meldete den brennenden Wohnwagen. Dann startete er sein Auto und fuhr in die Richtung, in der die Männer verschwunden waren.

***

Duriel hatte gerade noch rechtzeitig den unscheinbaren Sprengsatz unter dem Wohnwagen entdeckt. Im Rückspiegel sah er jetzt, wie eine heftige Explosion den Wagen zerriss.

Duriel war blass vor Schrecken und Wut. Er würde herausfinden, wer das getan hatte, und auf seine Art mit ihm abrechnen.

„Wo sollen wir jetzt bleiben?“, fragte einer seiner Männer verunsichert.

„Wir werden schon was finden.“ Duriel bemühte sich, ruhig und selbstsicher zu klingen, dachte aber voller Zorn an die Beute der vergangenen Nacht, die gerade im Wohnwagen verbrannte.

Ziellos lenkte er den Wagen zunächst Richtung Ortsausgang, entschloss sich aber dann doch, wieder Richtung Stadtmitte zu fahren.

An der Paßstraße sah er plötzlich die erleuchtete blaue Fassade des Arcadia Hotels. „Das ist es", sagte er und brachte den Wagen auf dem Hotelparkplatz zum Stehen. Abgearbeitet, schmutzig und nicht gerade vertrauenerweckend traten die Rumänen in die Lobby. Der Portier schaute sie skeptisch an und beschloss, bei erster Gelegenheit den Manager zu benachrichtigen.

Duriel zog Schibulskis Visitenkarte aus der Hemdtasche und legte sie dem Portier auf den Tresen.

„Wir brauchen zwei Zimmer. Dieser Herr wird bezahlen."

„Einen Moment bitte", bat der Portier und griff zum Telefon.

Ilie macht einen Schritt nach vorn, aber Duriel hielt ihn zurück.

Der Portier hatte das Telefonat beendet und nahm drei Schlüssel vom Board. „Willkommen im Arcadia Hotel!", sagte er freundlich und händigte Duriel die Schlüssel aus. „Ich wünsche Ihnen einen schönen Aufenthalt."

Als die Rumänen zur Treppe gingen, sah der Portier ihnen skeptisch hinterher. Diese Typen waren ihm nicht geheuer, auch wenn der Bauunternehmer Schibulski direkt mit seiner Kreditkarte die Zimmer bezahlt hatte.

***

Kurt hatte Velotti sofort angerufen und ihm von der Explosion des Wohnwagens berichtet.

Velotti reagierte wütend.

„Finde heraus, wo die Männer sind!", befahl er barsch.

Kippen-Kurt dachte nach. Er wollte Velotti nicht enttäuschen. Doch wo sollte er anfangen, die Männer zu suchen?

Langsam fuhr er Richtung Innenstadt und hielt nach allen Seiten Ausschau. Auf dem Parkplatz des Arcadia Hotels sah er plötzlich den Wagen der Männer. Er rief Velotti an.

„Ich habe sie gefunden. Sie haben anscheinend im Arcadia Hotel eingecheckt.“

„Sehr gut“, sagte Velotti, „bleib dort, und behalte sie im Auge.“

Kurt parkte seinen Wagen und schlenderte zum Eingang des Hotels.

In der Lobby war kein Mensch zu sehen.

Kurt wollte gerade das Hotel betreten, als er zwei der Männer die Treppe im hinteren Hotelbereich herunterkommen sah. Schnell drehte er sich um und lief zu seinem Wagen.

„Du bist unvorsichtig. Oder lässt du dein Auto immer auf?“

Kurt erschrak.

Die Stimme kam von der Rückbank.

Es war Velotti. Angst kroch in Kurt hoch.

Worauf hatte er sich eingelassen?

Die beiden Rumänen hatten mittlerweile das Hotel verlassen.

„Hinterher!“ Velottis Ton duldete keinen Widerspruch. „Ich warte hier im Wagen auf dich.“

Kurt stieg aus und folgte den Männern. Ihm war flau in der Magengegend. Die Männer gingen die Paßstraße hoch und bogen in die Brinkstraße ein.

Kurt folgte ihnen in einigem Abstand.

Plötzlich zögerte er. Waren da Schritte hinter ihm? Er wagte nicht, sich umzudrehen. Kurt spürte es am ganzen Körper. Da war jemand hinter ihm. Hatten die Männer ihn in eine Falle gelockt?

Sein Handy klingelte.

Es war Velotti. „Pass auf, dir ist jemand …“

Den Rest hörte Kurt nicht mehr. Er spürte einen heftigen Schmerz am Hinterkopf, dann breitete sich Dunkelheit um ihn aus.

## Freitag, der 13.

### Ein neuer Morgen

Als Karla Scholl am Morgen ihren Jeans-Shop am Kirchplatz aufschloss, fiel es ihr sofort auf: In der Nacht hatte der Laden ungebetenen Besuch gehabt. Die sorgfältig in den Regalen aufgestapelte Ware lag überall auf dem Boden verstreut. Schränke und Schubladen waren aufgerissen und durchwühlt. Mit einem Kloß im Hals wählte Karla Scholl die 110.

Wenig später traf die Polizei ein, aber Karla konnte den Beamten nicht einmal sagen, ob die Einbrecher überhaupt etwas mitgenommen hatten.

Oberkommissar Sing notierte die Aussage der Geschäftsfrau, während sein Kollege Hopp Fotos machte.

„Das war jetzt schon der dritte Einbruch in kürzester Zeit“, meinte Hopp zu Sing. „Wir sollten dem Kollegen Bitze auf jeden Fall Bescheid sagen. Vielleicht gibt es ja einen Zusammenhang mit den anderen Fällen?“

„Die halten uns ganz schön auf Trab“, stellte Sing genervt fest.

Bitze war schon früh aufgewacht. Heute würde Ellen aus Berlin zurückkommen.

Endlich!

Wie Rilkes Panther durch seinen Käfig schlich Bitze durch das Haus, und ihm wurde wieder bewusst, wie öde und leer es ohne Ellen war. Natürlich würde sie noch einige Zeit brauchen, um sich von ihrer schweren Verletzung zu erholen. Aber sie würde bei ihm sein, und allein diese Tatsache versetzte Bitze in Hochstimmung. Vor allem der dumme Streit hatte ihm zugesetzt.

„Goodbye stranger, it's been nice, hope you find your paradise ..." Bitze stieg lauthals bei Supertramp ein, als er ein Geräusch vom Hof hörte.

Schnell lief er zum Fenster und sah einen Krankenwagen der Johanniter vor das Haus rollen. Bitzes Puls schlug schneller, als zwei Männer ausstiegen und die hintere Tür des Wagens öffneten.

Langsam stieg Ellen aus und setzte sich in den bereitgestellten Rollstuhl.

Bitze lief ihr entgegen. Er schämte sich seiner Tränen nicht, als er sie in den Arm nahm.

„Ich liebe dich so", flüsterte er Ellen ins Ohr und schob sie ins Haus.

Fast zeitgleich trafen Beckbach und Ute Schröder in der Dienststelle ein. Beckbach war erleichtert, dass die junge Staatsanwältin wieder an Bord war, und klärte sie kurz und präzise über den Stand der Ermittlungen auf. Nachdenklich standen sie vor der großen Pinnwand und betrachteten die Bilder der toten Quast-Brüder.

„Ich frage mich nur, welche Rolle der dritte Tote spielt", beendete Beckbach das Schweigen.

„Vielleicht gibt es ja gar keinen Zusammenhang?"

Ute Schröder schaute den Kommissar fragend ins Gesicht.

„Wir sollten bei Doktor Weidenbach nachfragen, ob er uns schon mehr über den Toten im Freibad sagen kann."

Beckbach zog die Stirn kraus. „Gehen wir einmal alle Anhaltspunkte durch, die wir haben. Quast verspricht seinem Chef

Schibulski billige Hilfskräfte aus dem Osten, die auch tatsächlich eintreffen. Anscheinend läuft die Sache aber irgendwie aus dem Ruder."

„Dann müssen noch andere Akteure im Spiel sein", warf Ute Schröder ein.

„Haargenau!", schallte es plötzlich aus Richtung Eingangstür. Es war Bitze. „Ich denke da zum Beispiel an diese Monique Lacroix, die Quast scheinbar Hals über Kopf verlassen hat."

Er notierte ihren Namen auf der großen Tafel. Dann zog er eine Querverbindung zu „Erwin Quast". Dann zeigte er auf „Schibulski", zog eine Linie zu „Quast" und eine von einem Quast-Bruder zum anderen.

„Wir sollten die Rumänen auf keinen Fall außer Acht lassen", merkte Beckbach an.

„Richtig", pflichtete Ute Schröder bei, und Bitze zog eine weitere Verbindung von den Rumänen zu „Schibulski" und „Quast".

„Verhängnisvolle Beziehungen, wie mir scheint."

Bitze zeigte auf die Linien. „Tödlich für die Quast-Brüder."

„Bleiben Schibulski, Lacroix und die Rumänen, zu denen wahrscheinlich auch der Tote im Freibad gehört." Ute Schröder sah die Kommissare an. „Schibulski! Fangen wir bei ihm an."

Bitze stand auf, nahm seine Jacke. „Mal sehen, was er diesmal für Ausflüchte auf Lager hat."

Auf dem Flur kam ihnen Gaby Greilo entgegen. „Nachricht vom Revier Mitte – schon wieder ein Überfall auf ein Bottroper Geschäft!"

„Später", wiegelte Bitze ab, „leg es uns auf den Tisch. Wir kümmern uns, sobald wir zurück sind."

Auf dem Weg zu Schibulski sahen sie einen ausgebrannten Wohnwagen am Hans-Sachs-Platz.

„Schaut euch das an“, frotzelte Bitze, „jetzt entsorgen die Leute ihren Schrott schon mitten in der Stadt.“

„Oder ein Holländer, der es auf dem Weg ins Sauerland nur bis Bottrop geschafft hat.“ Beckbach gluckste über seinen eigenen Witz.

Bei „Sauerland“ fiel Bitze seine frühere Bierleidenschaft ein, und er freute sich auf das gemeinsame Pils mit Ellen am Abend. Der Kasten Potts stand schon kalt. Endlich war sie wieder da.

Beckbach sah das Lächeln auf Bitzes Gesicht und wusste genau, woran sein Freund und Kollege dachte.

***

Velotti hatte am Abend noch eine Stunde vor dem Hotel gewartet. Aber weder die Rumänen noch Kühn waren zurückgekommen. Sein Versuch, Kühn zu warnen, war offensichtlich fehlgeschlagen.

Jemand will mich auszutricksen, dachte Velotti grimmig. Den ganzen Abend verbrachte er damit, seine Vorgehensweise zu überdenken.

Am Ende hatte er einen Plan gefasst.

Zunächst würde er sich Horst Schibulski vorknöpfen. Scheinbar hatte der seriöse Herr vergessen, wer ihm mehrfach den Arsch gerettet und dafür gesorgt hatte, dass es das Bauunternehmen überhaupt noch gab.

Danach würde er sich um die Rumänen kümmern. Ihm war klar, dass er sie auf keinen Fall unterschätzen durfte. Aber da war wohl noch jemand anderes im Boot, von dem der Sprengsatz unter dem Wohnwagen stammte.

Er dachte an sein Telefonat mit Monique, und ein Verdacht keimte in ihm auf. Aber das wollte und konnte er sich nicht vorstellen. Seinen einzigen Fehler hatte er im Freibad begangen. Doch den würde er noch korrigieren.

An Kippen-Kurt dachte er nicht mehr.

Velotti sah, wie drei Personen Schibulskis Firma betraten. Vor allem den Typen mit der abgewetzten Lederjacke, den Stiefeletten der Elvisgeneration und den kurz geschnittenen Haaren kannte er genau.

Hauptkommissar Bitze und seine Crew, fluchte Velotti innerlich. Offensichtlich hat der dreckige Schnüffler Fährte aufgenommen.

Velotti hatte es in den vergangenen Jahren immer geschickt verstanden, Bitze aus dem Weg zu gehen. Das war auch gut so, denn diese Truppe hatte jede Menge Leute hoppgenommen. Sowohl Wüllner, dem seine Geschäfte mit den Russen zum Verhängnis geworden waren, als auch windige Betreuungsdienste für hilflose Senioren hatten das erleben müssen.

Bitze hatte sie alle gekriegt, und das hatte selbst Velotti imponiert. Vor Bitze musste er sich auf jeden Fall in Acht nehmen.

Velotti beschloss, zu warten, bis die Luft rein war.

***

Bitze sprühte vor Tatendrang. Ellens Rückkehr beflügelte ihn geradezu. Früh am Morgen hatte er ihr ein üppiges Frühstück bereitet und mit Freude beobachtet, wie es ihr schmeckte und offenbar deutlich besser ging.

„Melde dich sofort bei mir, wenn du etwas brauchst“, hatte er ihr ans Herz gelegt, bevor er sich auf den Weg nach Bottrop machte.

Bitzes Hochstimmung war Schibulskis Pech, dem heute keine Hinhaltetaktiken bleiben würden. Beckbach kannte Bitze lange genug und wusste, wie er tickte.

Die Kommissare machten auf Ute Schröder den Eindruck zweier Wölfe, die Fährte aufnahmen, wild entschlossen, endlich Beute zu machen. Leider war es heute ihr vorerst letzter Tag mit den Kommissaren. Bitze war zurück und auch Ellen Schrader wieder in Bottrop. Deshalb hatte sie aus Recklinghausen die Anordnung bekommen, die nächste Zeit einige Fälle am dortigen Amtsgericht zu erledigen. Beckbach hatte seine Enttäuschung darüber nur schlecht verbergen können.

Sie versprach ihm, telefonisch in Kontakt zu bleiben. „Ich will doch wissen, wie der Fall ausgeht."

Dabei dachte sie, dass es ihr bestimmt nicht leicht fallen würde, wieder in einen Alltagsrhythmus umzuschalten. Sie hatte sich zu sehr an die Arbeit mit dem Bottroper Kommissariat gewöhnt, und die Blicke von Kommissar Beckbach waren ihr auch nicht verborgen geblieben.

***

Zum ersten Mal seit langer Zeit war Schibulski mit sich und der Welt zufrieden.

Die Arbeiten an der neuen Baustelle gingen zügig voran. Die zusätzlichen Kosten für die Unterbringung der Rumänen im Hotel würde er schon wieder hereinholen.

Aber wer hatte bloß Interesse daran gehabt, den Wohnwagen in die Luft zu sprengen? Diese Frage hatte er sich den ganzen Vormittag gestellt, und für einen kurzen Augenblick hatte er Erwin Quast verdächtigt.

Doch der war tot.

Rita Blome hatte ihm erzählt, dass die Bullen ihr das Bild gezeigt hatten.

Irgendjemand wollte ihm in die Suppe spucken, aber wer?

Gedankenverloren blätterte Schibulski durch seinen Terminplaner. Kein Eintrag lieferte ihm einen Hinweis. Bisher hatte er doch alle Absprachen eingehalten. Oder geht es vielleicht gar nicht um mich?, fragte er sich.

Seine Sekretärin schaute zur Tür herein.

„Da sind wieder die Herrschaften von der Polizei.“

„Sollen reinkommen“, erwiderte er mürrisch.

„Lange nicht gesehen, Herr Schibulski“, eröffnete Bitze das Gespräch.

„Ich habe Sie nicht vermisst, Herr Kommissar.“ Schibulski lächelte verkrampft. „Außerdem habe ich Ihnen doch schon alles gesagt.“

„Können Sie sich erklären, warum Ihr ehemaliger Geschäftsführer erschossen wurde?“, schaltete sich Beckbach ein.

„Nein.“

Schibulskis Antwort kam kurz und präzise. Zu kurz und zu präzise nach dem Geschmack der Kommissare.

Bitzes Augen verengten sich. „Hören Sie gut zu, Schibulski. Ich habe keine Lust mehr auf Spielchen. Sie sagen mir jetzt, was Quast für Sie erledigt hat. Und damit meine ich nicht die Bauaufträge.“

„Zuletzt hat er die Rumänen in die Firma geholt. Das habe ich doch schon gesagt, und mehr weiß ich auch nicht.“

„Wo sind diese Arbeiter denn jetzt?“

„Ich hoffe, auf meiner Baustelle an der Neuen Hochschule.“

„Und wenn nicht sie nicht dort arbeiten, wo sind sie dann?“

„Wahrscheinlich im Arcadia Hotel. Da habe ich sie jedenfalls untergebracht.“

„Im Arcadia Hotel? Sie lassen sich die Sache ja einiges kosten.“

„Das, Herr Hauptkommissar, lassen Sie mal meine Sorge sein. Diese Leute sollen sich wohlfühlen in Bottrop, dann arbeiten sie auch ordentlich."

„Du Wohltäter", grummelte Beckbach und glaubte Schibulski kein Wort.

Nachdenklich verließen Bitze, Beckbach und Ute Schröder den schon wieder schweißnassen Bauunternehmer.

„Ich spüre genau, dass hier etwas nicht stimmt!" Bitze war sauer.

„Ich glaube schon, dass Schibulski uns alles gesagt hat", versuchte Beckbach ihn zu beruhigen.

„Dem geht es doch hauptsächlich um sein Bauprojekt", ergänzte Ute Schröder, „die Recherchen bei der Stadtverwaltung haben ergeben, dass er im allerletzten Moment die Auflagen erfüllt hat. Sonst wäre der Auftrag futsch gewesen. Seine Rettung waren die Rumänen. Die solltet ihr unter die Lupe nehmen."

Bitze blickte auf. „Vielleicht bringt es uns tatsächlich ein Stück weiter, wenn wir bei den Rumänen nachhaken."

***

Velotti wartete, bis Bitze und seine Leute außer Sicht waren. Dann stieg er aus und ging schnurstracks zum Eingang der Baufirma. In der Tür prallte Schibulski fast mit ihm zusammen. Obwohl er ihn lange nicht gesehen hatte, erkannte Schibulski den Mann vor ihm sofort.

„Was willst du denn hier?", fragte er erstaunt.

„Mit dir reden", zischte Velotti.

„Ich wüsste nicht, was wir zu reden hätten."

Schibulski fühlte sich alles andere als wohl in seiner Haut.

Velotti schob sein Gegenüber langsam wieder ins Gebäude.

„Jetzt hör mir genau zu: Was glaubst du, wer Quast den Deal mit den Rumänen eingefädelt hat? Wer hat wohl diese Männer nach Bottrop gebracht? Etwa Quast, der Versager?"

Velotti lachte schallend über seine eigenen Worte, und dieses Lachen jagte Schibulski einen kalten Schauer über den Rücken.

Seine Gedanken fuhren Achterbahn.

„Was willst du?", wimmerte er.

„Meinen Anteil an deinem Geschäft."

„Wie soll ich das verstehen?" Schibulski machte einen Schritt nach hinten.

„Stell dich nicht blöder, als du bist." Velotti ging auf ihn zu. „Zweihunderttausend in bar und fünfzig Prozent deiner Firma."

Schibulski wurde blass und schluckte heftig.

„Du bist ja völlig verrückt", presste er hervor. „Wie soll ich das denn machen?"

„Du bist ganz raus, wenn du nicht machst, was ich sage", entgegnete Velotti und ließ Schibulski stehen. „Morgen komme ich, und dann hast du das Geld und den Vertrag über die Teilhaberschaft, oder du bereust es, jemals geboren worden zu sein."

***

Frisch geduscht und neu eingekleidet hatten Duriel und seine Männer an diesem Vormittag das Hotel verlassen.

Der Portier hatte ihnen mit offenem Mund nachgeschaut. Das konnten doch nicht die Typen sein, die am Abend dreckig und verschwitzt vor seinem Tresen gestanden hatten.

Lachend stiegen die Rumänen in ein Großraumtaxi vor dem Hotel. Als das Taxi abgefahren war, griff der Portier zum Telefon und rief den Hotelmanager an. Dessen Antwort war knapp und präzise ausgefallen. Solange alles bezahlt werde, solle er sich gefälligst keine Sorgen machen.

Trotzdem nahm der Portier sich vor, diese ungewöhnlichen Gäste im Auge zu behalten.

Wenig später tauchte das Zimmermädchen auf und präsentierte einen blauen Müllsack mit dreckigen und blutverschmierten Kleidungsstücken, den sie im Zimmer der Männer gefunden hatte. Der Portier überlegte kurz, nahm den Müllsack und verfrachtete ihn in einen Kellerraum. Mit verblüfftem Gesichtsausdruck machte sich das Mädchen wieder an die Arbeit in den anderen Zimmern.

So bekam sie nicht mit, wie Ilie, einer von Duriels treuesten Vasallen, zurück ins Hotel kam.

***

Irgendwann an diesem Morgen dachte Velotti an Kippen-Kurt, der sich nicht wieder bei ihm gemeldet hatte. Ihm war klar, dass die Rumänen mit Kurts Verschwinden zu tun haben mussten. Hoffentlich hatte er sich mit diesen Kerlen nicht eine fette Laus in den Pelz geholt, die er nur schwer wieder loswürde. Einen hatte er ja zur Räson gebracht, doch zu welchem Preis?

Quast hatte versagt, und das machte die Sache jetzt schwieriger. Seine Gedanken schweiften zu Monique Lacroix, die er vor einigen Jahren in einem Nachtklub kennengelernt hatte und die ihm seitdem immer eine enge Vertraute war. Dabei fiel ihm ein, dass er lange nicht mehr Schach gespielt hatte. Velotti liebte das Spiel mit den Figuren, sie zu setzen, gegeneinander auszuspielen. Mit einem Schachmatt am Ende zu triumphieren.

Er wählte Moniques Nummer, doch er hörte nur ihre Stimme vom Band des Anrufbeantworters. Konnte er Monique nicht mehr trauen? Führte sie etwas gegen ihn im Schilde?

## Drei Jahre zuvor

Monika Kreuzkamp hatte ein normales Leben geführt, bis sie eines Tages die Anzeige in der Zeitung las, die alles verändern sollte. Ein Nachtklub in Oberhausen suchte eine Servicekraft. Monika sah die Chance, ihr bescheidenes Budget aufzubessern.

Sicherlich verdiente sie als Hotelfachfrau nicht schlecht, aber ihr Traum war ein toller Job in den USA, und dafür fehlte ihr das Startkapital.

Einen Tag später hatte sie die Stelle im Club Flamingo angetreten.

Der Geschäftsführer Arno Fleischmann, ein bulliger Endfünfziger mit dicken, fleischigen Händen und herben Gesichtszügen, hatte sie nur kurz gemustert und für gut befunden. In der Tat konnte Monika sich sehen lassen, und es hatte ihr nie an Verehrern gemangelt. Ihr schlanker, durchtrainierter Körper hatte schon in ihrer Schulzeit die Jungs magisch angezogen, und mit ihren schulterlangen, blonden Haaren erinnerte sie an die legendäre Brigitte Bardot.

Monika wusste das, und es hatte ihr immer Spaß gemacht, Männer zu verwirren und mit ihnen zu spielen. Den Partner fürs Leben hatte sie so noch nicht gefunden, aber eigentlich auch noch nicht finden wollen.

Arno Fleischmann würde es bestimmt nicht sein.

Die ersten Wochen ihrer Arbeit im Club waren ohne große Ereignisse vergangen. Sie hatte ihre Aufgabe hinter der Bar, mixte Cocktails oder servierte Champagner.

Mit den üppigen Trinkgeldern war es eine lohnende Beschäftigung, und der ein oder andere Besucher hatte immer wieder versucht, bei ihr zu landen.

Aber sie hatte alle abblitzen lassen.

Jeden Abend erschien Fleischmann im Club, und Monika Kreuzkamp war erneut aufgefallen, wie bei diesem aufgedunsenen Typen der Name Programm war.

Aber er war der Boss.

Fleischmann umgarnte sie ständig mit einem dreckigen Grinsen im Gesicht. Dann war eines Abends Aldo Velotti im Club Flamingo aufgetaucht.

Gerade, als sie ihre Arbeit an der Bar aufnahm, hatte Velotti sie gesehen und war direkt auf sie zugegangen.

Bevor er sie aber ansprechen konnte, war Fleischmann aus dem hinteren Bereich der Bar aufgetaucht.

„Das ist Madame Lacroix“, säuselte er und reichte Velotti die fleischige Hand.

Velotti blieb der Atem weg beim Anblick dieser Frau, die im Club Monique Lacroix hieß.

Fleischmann registrierte Velottis Blick.

„Es tut mir leid, aber Madame Lacroix hat nur Dienst an der Bar. Außerdem ist sie meine Verlobte.“

Fleischmann fixierte Velotti bei diesen Worten mit zusammengekniffenen Augen.

Velotti hörte nichts von alledem, sondern verzehrte Monique mit seinen Blicken. Er nahm Fleischmann zur Seite und sah dabei alles andere als freundlich aus.

Monique beobachtete die Szene und dachte: Was bildet dieser blöde Fettwanst sich überhaupt ein, mich als seine Verlobte zu bezeichnen? Am liebsten würde ich ihm direkt einen Tritt in die Eier verpassen.

Stattdessen huschte ein Grinsen über ihr Gesicht. Natürlich hatte sie längst bemerkt, wie der dicke Mistkerl ihr nachstellte und sie begehrte. In Maßen hatte sie es zugelassen, wohl wissend, dass er ihr eines Tages aus der Hand fressen würde.

Dann wäre es immer noch Zeit für den Tritt. Aber dieser Fremde stellte etwas ganz anderes dar. Ein spontanes Gefühl sagte ihr, dass sie die nächsten Schritte mit diesem Mann gehen müsste.

Drei Tage später war sie bei Velotti eingezogen.

Den Tritt in die Eier hatte sie Fleischmann erspart, aber sein dämliches Gesicht bei ihrer Kündigung mit einem süffisanten Lächeln quittiert.

Sie wusste sofort, dass ein neuer Abschnitt ihres Lebens begann. Ihr einflussreicher Verehrer würde ihr helfen, neue Wege zu beschreiten. Velotti hatte ihr verschwiegen, wie er Fleischmann dazu gebracht hatte, sie gehen zu lassen.

In den folgenden Jahren hatte Velotti dann auch entscheidend dazu beigetragen, dass aus Monika Kreuzkamp endgültig die wahre Monique Lacroix wurde.

Monique hatte schnell gemerkt, dass Velotti sie mit Liebe zuschüttete und nur geringe Gegenleistungen von ihr verlangte. Er war für sie wie ein Sechser im Lotto.

Mit ihm verkehrte sie endlich in den gehobenen Kreisen der Gesellschaft. Abstecher nach Kitzbühel oder Monte Carlo waren keine Seltenheit.

Sie wusste nicht, wie er es schaffte, aber Velotti kam immer zu Geld. Geld bedeutete Macht, und Monique sonnte sich gern in Velottis Machtwelt.

Dabei hatte sie schnell gelernt, dass es niemals von Nachteil für sie war, den einen oder anderen Auftrag für Velotti zu erledigen. Meist ging es dabei um Männer, die Velotti in seine Machenschaften einspannte. Monique war der Köder, nach dem alle schnappten.

Um Monique zu besitzen, brachten sich viele um Haus, Hof und Verstand. Selbst der windige Anwalt Conrad von Dudenhofen war ihnen in die Falle getappt. Er hatte Monique in Dinge eingeweiht, die für Velotti mehr als hilfreich wurden, einen Börsenmakler um sein gesamtes Vermögen zu bringen.

So lief das Spiel.

Velotti beerbte Moniques Opfer und spannte sie für seine Zwecke ein. Er wusste, was er an Monique hatte.

Das letzte Opfer war Quast gewesen.

Bei einem Glas Wein hatte Velotti ihr dann süffisant Folgendes erzählt: „Fleischmann, dieser dumme Fettwanst, hatte doch tatsächlich gedacht, mich im Schach zu besiegen. Lass uns um Monique spielen, hatte ich ihm vorgeschlagen. Nach fünfzehn Zügen, mein Liebling, hatte ich ihn schachmatt gesetzt, und er musste dich gehen lassen."

Monique hatte dieses Geständnis wie ein Pfeil getroffen, und sie schwor, nie wieder der Einsatz in einem Spiel zu sein.

## Bottrop am späten Freitagnachmittag

Zurück in Bitzes Büro ließen sie sich von Gaby Greilo die Nummer des Arcadia Hotels geben. Das Gespräch war sehr kurz.

Bitze stand auf. „Los, wir sollten mal dringend mit dem Hotelportier sprechen. Der Mann hat etwas Interessantes beobachtet."

Auf dem Weg zum Hotel telefonierte Bitze noch kurz mit Ellen.

Zufrieden registrierte er, dass bei ihr alles in bester Ordnung war.

„Sei vorsichtig", bat sie, „mit diesen Leuten ist nicht zu spaßen. Erinnere dich an die Russen, die bei Wüllners Spielchen auch brutal und rücksichtslos vorgegangen sind, um an ihre Ziele zu kommen."

Ellen hatte recht, denn damals war sie in höchste Gefahr geraten. Er versprach ihr, sehr vorsichtig zu sein.

Die Lobby des Hotels war menschenleer.

Bitze betätigte die kleine goldene Klingel, die auf dem Tresen stand.

Eine junge Frau tauchte aus dem Hintergrund auf.

„Was kann ich für Sie tun?“, fragte sie höflich.

Bitze zeigte ihr seinen Ausweis.

„Ein Kollege von Ihnen hat uns angerufen, und wir würden gerne mit ihm reden.“

„Das kann nur Peter Hallmann gewesen sein, unser Chefportier. Ich kann Ihnen allerdings nicht sagen, wo er gerade ist.“

„Sie wissen nicht zufällig, warum er uns sprechen wollte, Frau Pietsch?“ Beckbach hatte einen kurzen Blick auf das Namensschild der jungen Dame geworfen.

„Tut mir leid. Eigentlich müsste er hier sein. Vielleicht ist er nur kurz weggegangen. Wenn Sie wollen, können Sie gern in der Lobby warten.“

„Können Sie uns sagen, ob kürzlich mehrere junge Männer eingecheckt haben?“

Sandra Pietsch zögerte. „Vor zwei Tagen hat eine Gruppe rumänischer Arbeiter kurzfristig zwei Zimmer bezogen. Ziemlich finstere Gesellen, wenn Sie mich fragen. Aber der Kollege Hallmann kann Ihnen dazu sicher mehr sagen.“

Bitze, Beckbach und Ute Schröder nahmen in der Sitzgruppe in der Lobby Platz und warteten.

Es kam ihnen merkwürdig vor, dass der Mann, der angerufen hatte und Wichtiges mitteilen wollte, jetzt nicht da war.

„Was hat dieser Hallmann denn genau gesagt, Becki?“

„‚Ich habe hier etwas beobachtet, das ich Ihnen unbedingt zeigen muss. Bitte kommen Sie schnell, bevor ich entdeckt werde.‘ Genau das waren seine Worte.“

„Was hat er bloß gemeint?“ Ute Schröder sah sich nach allen Seiten um.

„Hier ist doch nichts Auffälliges.“

Bitze nickte.

„Aber es ist schon verdächtig, dass die Rumänen sich hier im Hotel einnisten und sich kurz darauf der Portier bei uns meldet. Zumal Frau Pietsch diese Männer als seltsame Gesellen bezeichnete. Glaubt es mir, hier ist was faul!“

Nach einer halben Stunde war vom Portier immer noch nichts zu sehen. Frau Pietsch hatte auch nichts von ihm gehört.

„Es hat keinen Sinn, noch länger zu warten“, seufzte Bitze. „Sagen Sie Ihrem Kollegen, er soll sich noch mal melden und dann aber hier sein.“

Frau Pietsch versprach, es auszurichten.

Auf dem Weg nach Kirchhellen ging Bitze das Verhalten des Portiers immer noch durch den Kopf.

Irgendwas musste passiert sein.

Als er an seinem Bauernhof ankam und Ellen auf der Bank vor der Tür sitzen sah, vergaß er alles andere und war für einen Moment nur noch glücklich.

Im Stall wieherten die beiden Kaltblüter, als Bitze sich zu Ellen setzte.

„Wie geht es dir, Schatz?“

Ellen schaute ihn lächelnd an. „Es wird. Auch wenn ich es kaum aushalte, den ganzen Tag tatenlos herumzusitzen.“

Bitze lächelte. Er wusste, dass Ellen Tatenlosigkeit hasste. Schon immer hatte sie es vorgezogen, mit den Kommissaren vor Ort zu ermitteln, als nur im Büro Schreibkram zu erledigen.

„Hauptsache, du wirst wieder gesund."

Bitze küsste sie auf die Stirn und berichtete ihr vom aktuellen Fall. „Glaube mir. Da ist auf jeden Fall etwas gewaltig faul mit diesen Rumänen."

Ellen zögerte. „Nach allem, was du sagst, habe ich den Eindruck, dass da eine Krähe der anderen ein Auge aushackt. Da mischen nicht nur die Rumänen mit. Es ist ein ziemlich übles Spiel um Macht und Geld, das dort abläuft. Nimm nur mal die Quast-Brüder. Warum mussten beide sterben? Das waren doch ganz kleine Lichter. Sind sie irgendwelchen Leuten in die Quere gekommen? Das will mir alles nicht so recht einleuchten. Da solltest du unbedingt ansetzen. Geh mit Beckbach noch mal die Einzelheiten durch. Vielleicht habt ihr etwas übersehen."

Bitze runzelte die Stirn. „Dann ist da auch noch der Tote aus dem Schwimmbad. Es sieht so aus, als hätten wir es schon mit verschiedenen Tätern zu tun, wobei ich das Gefühl nicht loswerde, dass die Taten alle in einem Zusammenhang stehen."

Ellen nickte. „Das meinte ich mit den Krähen."

„Rivalisierende Gruppen, die alle ihre Finger im Spiel haben? Aber worum geht es genau dabei?"

„Das, mein Bester, musst du herausbekommen." Ellen lächelte. „Lass uns bitte reingehen. Für heute ist es genug, und ich bin müde."

Bitze half ihr in den Rollstuhl und schob sie ins Haus.

Er war froh, dass ihr Streit offenbar kein Thema mehr war.

***

Ungefähr zur gleichen Zeit trafen sich Rolf Zankowski und seine Freunde wie jeden Freitag im Bowling Hill Center Bottrop.

Seit einigen Jahren betrieben sie diesen Sport, und jedes Mal ging es um einen kleinen Pokal, den der Sieger für eine Woche mit nach Hause nehmen durfte. An diesem Abend herrschte überraschend wenig Betrieb, als sie ihre Bahn betraten.

Wie immer schnappte sich Rolf als Erster den geschliffenen Strikeball und brachte ihn mit viel Schwung auf die Bahn.

„Schaut euch das an, das wird ein Strike!“, rief er seinen Freunden zu.

Tatsächlich traf der Ball die Pins optimal, und alle wurden weggefegt.

Doch was war da los? Als die Pinsetter die gefallenen Pins hochziehen wollten, hakte es, als würde etwas die Mechanik blockieren.

„Probleme?“, rief Volker Rison, Rolfs bester Kumpel. „Das fängt ja gut an!“

Rolf machte sich auf den Weg zum Pindeck, um dem Fehler auf den Grund zu gehen, als er plötzlich wie vom Blitz getroffen stehen blieb.

Die Pinzange fuhr langsam nach unten. Aber diesmal ließ sie keine Pins los. Stattdessen glitt ein merkwürdig verrenkter menschlicher Körper auf die Bahn

„Oh mein Gott“, presste Rolf hervor. „Ruft die Polizei“, konnte er noch sagen, als er merkte, wie sich sein Mageninhalt den Weg nach oben bahnte und im rechten Gutter landete.

***

Aus den Lautsprechern im Wohnzimmer tönte leise „Bloody Well Right“ durch den Raum, als Bitze vorsichtig die Tür zum Schlafzimmer schloss.

Ellen brauchte Ruhe und hatte sogar auf ein Potts Pils verzichtet, das Bitze aus dem Kühlschrank geholt hatte. Er allerdings würde sich zum Abschluss des Tages noch ein kleines Fläschchen gönnen.

Gerade hatte er es sich in seinem alten Ohrensessel gemütlich gemacht, als das Telefon klingelte.

„Tut mir leid, mein Bester“, hörte er Beckbachs Stimme, „aber wir haben einen weiteren Toten. Du wirst es nicht glauben. Der liegt auf Bahn eins im Bowling Hill Center in der Bahnhofstraße.“

„Ich komme“, sagte Bitze, schrieb Ellen Schrader einen Zettel und machte sich auf den Weg.

Bitze und Beckbach hatten in ihrer langen Dienstzeit schon viel erlebt, aber ein Toter auf einer Bowlingbahn war eine Premiere. Das galt auch für Doktor Weidenbach, der zeitgleich mit den Kommissaren eingetroffen war.

„Mit einer Schlinge von hinten erwürgt, wahrscheinlich aus dünnem Draht“, stellte er fest, nachdem er sich den Toten genauer angesehen hatte. „Kurz, schnell und präzise.“

„Warum aber hier?“ Bitze blickte den Rechtsmediziner fragend an.

„Der Fundort ist sicher nicht der Tatort“, ließ Weidenbach eine seiner Weisheiten vom Stapel. „Ich nehme ihn erst mal mit, und morgen kann ich euch mehr sagen.“

Mittlerweile hatten auch die Kollegen von der Spurensicherung ihre Arbeit aufgenommen. Peter Bleicher, der Chef der Truppe, kam kurz danach zu Bitze, der in der Zwischenzeit mit den Bowlern gesprochen hatte.

„Da gibt es einen Hintereingang, und wie es aussieht, wurde die Leiche auf diesem Weg hergeschafft. In der Tat eher ungewöhnlich, wenn du mich fragst. Oder wir haben es mit einem Täter zu tun, der sich einen Spaß daraus macht, seine Opfer an ungewöhnlichen Orten zu präsentieren. Du weißt doch auch, wie seltsam manche Menschen ticken. Ich habe da neulich von einem Freak gehört, der tote Tiere von den Straßen gekratzt hat, um sie zu Hause zu verspeisen."

„Echt?" Bitze verzog das Gesicht.

„Ja", fuhr Peter Bleicher fort, „diese Leute nennen sich Road Kill Veganer, denn diese Tiere werden nicht zum Essen getötet."

„Ist ja gut", entfuhr es Bitze, der auf weitere Einzelheiten gern verzichten konnte.

„Aber da ist noch was. Das wird euch interessieren", fuhr Bleicher fort. „Das hier haben wir hinter der Tür zum Hof gefunden."

Er zeigte den Kommissaren einen Personalausweis von Peter Hallmann.

„Wenn es der Ausweis des Täters ist, hättet ihr diesen Fall ja schnell geklärt."

Bitze und Beckbach schauten sich das Passbild an und wussten Bescheid.

„Schön wäre es. Aber dieser Ausweis gehört dem Mann, den Weidenbach in seiner Zinkwanne gerade mitgenommen hat."

Sie fuhren zum Arcadia Hotel.

Sandra Pietsch warf einen Blick auf das Bild des Ausweises. „Der gehört Peter, unserem Chefportier. Wo haben Sie den denn her?"

Nachdem ihr Bitze die Umstände geschildert hatte, japste Sandra Pietsch: „Jetzt brauche ich einen Schnaps."

„Wir vermuten, dass die rumänischen Gäste uns vielleicht etwas dazu sagen können. Wissen Sie, ob sie im Haus sind?"

Sandra Pietsch warf einen Blick auf das Schlüsselbrett. „Die Schlüssel hängen hier, dann sind die Männer nicht da. Aber nach allem, was ich gerade gehört habe, möchte ich diesen Typen ehrlich gesagt lieber nicht mehr allein begegnen."

„Gibt es einen Raum, in dem wir unbemerkt warten können?“, fragte Beckbach.

Sandra Pietsch führte sie in einen kleinen Aufenthaltsraum und bot ihnen ein Getränk an. Nach allem, was passiert war, war sie froh, die Polizei in ihrer Nähe zu wissen.

***

Velotti hatte den ganzen Tag versucht, Monique zu erreichen, aber sie schien wie vom Erdboden verschwunden.

Mittlerweile zeigte die Uhr kurz vor Mitternacht.

Die Sache schien aus dem Ruder zu laufen. Von Kippen-Kurt keine Spur, keine Antwort von Monique und dazu ein Haufen Rumänen, die sich wie reißende Wölfe aufführten.

Ich muss handeln, dachte Velotti und machte sich auf zum Arcadia Hotel. Vielleicht würden ihm die Rumänen ja einen Hinweis liefern.

Sicherheitshalber nahm er seine Luger mit dem Schalldämpfer aus dem Schrank und schob sie in die Innentasche seines Jacketts.

Auf der Fahrt ins Hotel keimte ein unglaublicher Verdacht in ihm. Ich muss unbedingt Monique erreichen. So kann sie nicht mit mir umspringen, sagte er sich.

Die Lobby war menschenleer, als er das Hotel betrat. Kein Wunder um diese Zeit.

***

Bitze und Beckbach sahen den Mann, der die Lobby betrat, gleichzeitig.

Sie gaben Sandra Pietsch ein Zeichen, und sie betrachtete den kleinen Monitor in ihrem Warteraum.

„Den habe ich noch nie gesehen“, flüsterte sie den Männern zu.

„Gibt es eine Möglichkeit, ein Bild von ihm aufzunehmen und auszudrucken?“

Sandra Pietsch nickte. „Wir haben hier modernste Überwachungstechnik.“

Bitze beobachtete den Mann, der wie ein Panther zum Empfangstresen schlich. Irgendwie kam er ihm bekannt vor.

„Woher kenne ich diesen Typen?“, raunte er Beckbach zu.

Der runzelte die Stirn. Auch er war sich sicher, dass er das Bild dieses Mannes schon einmal in den Bottroper Gazetten gesehen hatte. Aber nicht nur da.

Sandra Pietsch zögerte und ging dann langsam Richtung Lobby.

„Keine Angst, wir sind ja in unmittelbarer Nähe“, versuchte Bitze sie zu beruhigen, aber die jüngsten Ereignisse hatten doch sehr am Nervenkostüm der Hotelmitarbeiterin gezerrt.

Der Mann vor ihr musterte die Frau aus dunklen Augen, die ihr das Blut in den Adern gefrieren ließen.

Was für ein eiskalter Blick!

„Was kann ich für Sie tun?“ Sandra Pietsch setzte ihr schönstes Lächeln auf.

Der Mann schaute sich nach allen Seiten um. Dann beugte er sich leicht nach vorn und fixierte Sandra Pietsch.

„Hier wohnen seit ein paar Tagen Männer, die für meinen Freund Horst Schibulski arbeiten. Sind sie gerade im Haus?“

Sandra Pietsch zögerte mit der Antwort.

Der Mann schob Sandra Pietsch einen Geldschein über den Tresen.

„Willst du mir vielleicht jetzt Auskunft geben?“, zischte er.

„Die Gäste, die Sie meinen, sind zurzeit nicht im Hause.“

Ein weiterer Schein wanderte über den Tresen.

„Ich will die Schlüssel.“

Sandra Pietsch stutzte. Dann schob sie die Scheine wieder zurück.

„Tut mir leid, aber das kann ich nicht machen."

Velottis Augen verengten sich noch mehr.

„Hör mir gut zu", flüsterte er bedrohlich, „du gibst mir jetzt die Schlüssel, oder ..."

„Oder was?"

Bitze war aus dem Personalraum hinter den Tresen getreten. Lauernd standen sich die beiden Männer gegenüber. Bitze überlegte krampfhaft, aber ihm wollte es immer noch nicht einfallen, wo er diesen Typen schon einmal gesehen hatte.

Velotti andererseits wusste genau, wer ihm da gegenüberstand. Damit hatte er nicht gerechnet, und den Bullen konnte er im Moment gar nicht gebrauchen. Ansatzlos drehte er sich um und sprintete zum Ausgang.

Bitze reagierte zu langsam. Als er vor der Eingangstür stand, war von dem Mann nichts mehr zu sehen. Beckbach kam dazu.

„Was war das denn?", fragte er verblüfft.

Bitze runzelte die Stirn.

„Woher kenne ich diesen Typen? Was wollte er von den Rumänen? Und hat er nicht gesagt, er sei ein Freund von Horst Schibulski?"

„Anscheinend sind diese Männer nicht nur für uns von Interesse."

Bitze dachte an Ellens Worte: Hier sind augenscheinlich verschiedene Gruppen am Werk, und eine Krähe hackt gerade der anderen ein Auge aus.

Das machte die Ermittlungen nicht gerade leichter.

„Hier scheint ein ziemlich übles Spiel abzulaufen", kommentierte Beckbach die Lage.

„Einen Mitspieler hatten wir gerade direkt vor uns, darauf kannst du einen lassen", erwiderte Bitze.

„Auf andere warten wir, und ich frage mich, wo die Herren so lange bleiben", fuhr Beckbach fort.

„Es ist Freitagabend, Becki, da kann es schon mal spät werden. Und glaube mir, das sind noch nicht alle Beteiligten."

Sandra Pietsch hatte das Bild des Unbekannten mittlerweile auf den Laptop des Hotels geladen.

Bitze leitete es gleich weiter ans Kommissariat. Frau Greilo sollte später herausfinden, um wen es sich handelte.

Mittlerweile war es drei Uhr nachts.

„Mein Dienst geht noch bis sechs Uhr", klärte Sandra Pietsch die Kommissare auf. „Dann hätte normalerweise Peter wieder übernommen."

Bitze sah zu Beckbach. „Das hätte jetzt gut Ute Schröder übernehmen können, undercover sozusagen. Aber die hat man ja gerade wieder abgezogen. Aber gut, ich übernehme das selbst."

Er stand auf. „Ich fahre kurz nach Hause und bin um sechs Uhr wieder da. Informiert ihr in der Zwischenzeit die Hotelleitung. Ich hoffe, der Aufwand bringt uns ein wenig weiter."

***

Duriel und seine Männer hatten den Abend und die Nacht in verschiedenen Kneipen Bottrops verbracht. Sie hatten gelacht, gegessen und viel getrunken. Vergessen war der Ärger mit dem neugierigen Hotelportier.

Warum musste der auch seine Nase in Dinge stecken, die ihn nichts angingen?

Als es draußen langsam hell wurde, machten sie sich auf den Weg ins Hotel. Am Ende hatte Duriel ihnen unmissverständlich klargemacht, nicht länger in dieser Stadt bleiben zu wollen. Vor einer Stunde hatte er mit der blonden Frau telefoniert und mit ihr ein Treffen für den nächsten Tag vereinbart.

Die Frau würde ihnen helfen, an Geld und an ihre Pässe für die Rückreise nach Rumänien zu kommen.

Allerdings hatte sie ihm eingeschärft, dass der Mann mit der Hakennase und den stechenden Augen davon nichts mitbekommen dürfe.

„Was soll mit dem Kerl geschehen, den wir im Bauwagen eingesperrt haben?“, wollte Ilie wissen.

Duriel machte eine wegwerfende Handbewegung. „Den wird schon jemand finden. Wir sehen zu, dass wir schnell von hier verschwinden.“

Ilie war enttäuscht. Die Sache hatte gerade angefangen, ihm Spaß zu machen.

Aber wenn Duriel etwas sagte, war es besser und gesünder, nicht zu widersprechen. Schließlich hatten sie es alle miterlebt, wie eiskalt und gnadenlos er vorging, wenn er es für erforderlich hielt.

Gegen sieben Uhr morgens betraten sie die Hotelhalle.

Duriel erkannte sofort, dass der Mann hinter der Rezeption neu war. Er kannte den Grund, und für einen Augenblick war er sich nicht mehr sicher, ob es gut gewesen war, den Portier zu erledigen. Aber Ilie hatte es so gewollt und getan.

***

Bitze hatte sich nicht lange in Kirchhellen aufgehalten, und Ellen hatte seine Anwesenheit überhaupt nicht bemerkt. Ganz leise hatte er die Tür zum Schlafzimmer einen Spalt geöffnet und sie im Schlaf betrachtet. Für einen Moment hegte er Zweifel, ob Ellen je wieder die Alte sein würde.

Sie wirkt so verletzt und mir irgendwie fremd, dachte er.

Dann war er wieder zurück zum Hotel gefahren.

Bitze blickte kurz auf, als die Rumänen die Halle betraten.

Da sind ja die Kameraden, dachte er und begrüßte die Männer höflich: „Ich hoffe, die Herren hatten eine bezaubernde Nacht."

„Unsere Schlüssel", knurrte Duriel barsch.

„Würden mir die Herren bitte ihre Zimmernummern nennen? Ich musste kurzfristig als Aushilfe die Schicht übernehmen und für einen kranken Kollegen einspringen."

Duriel beugte sich über den Tresen und zischte: „Die Schlüssel."

Bitze hätte ihm am liebsten eine reingehauen und dazu die „Fools Ouverture" von Supertramp gepfiffen.

„Firma Schibulski?"

Er stellte sich dumm.

„Ja, du Idiot", herrschte Duriel ihn an, und Bitze war klar, wer in dieser Gruppe der Wortführer war.

Er hoffte nur, dass die Überwachungskameras alles eingefangen hatten. Lange genug hatte er die Männer ja aufgehalten.

Nachdem die Rumänen die Halle verlassen hatten, rief Bitze Beckbach an.

„Ich glaube, ich habe einige Teilnehmer der üblen Spielereien kennengelernt. Was meinst du? Wie sollen wir weiter vorgehen? Hat Frau Greilo die Bilder schon bekommen?"

Aber Beckbach hatte bereits damit begonnen, die Identität des Mannes mit der Hakennase zu überprüfen.

„Sobald ich etwas weiß, gebe ich dir Bescheid. Sei bitte vorsichtig, denn nach allem, was wir bisher wissen, sind diese Männer skrupellos und äußerst gefährlich. Leider haben wir nur Vermutungen, und die reichen nicht, um die Bande hochzunehmen. Also musst du versuchen, für die Vorgänge im Hotel, vor allem für den Mord an dem Portier Beweise zu finden. Wenn ich komme, werde ich mich unauffällig umschauen.

Sieh dir noch mal die Bilder der Hotelkameras an. Vielleicht findest du etwas, das uns weiterbringt."

„Ich habe die Kameraden auf jeden Fall im Auge", versicherte Bitze. „Und ich bin sicher, dass wir hier eine brauchbare Spur finden werden."

Bitze hatte das vage Gefühl, dass Beckbach nicht alleine war, und er glaubte zu wissen, wer ihm Gesellschaft leistete.

## Der Samstag nach dem 13.

### Der frühe Morgen

Kippen-Kurt wusste nicht, wie lange er schon im Dunkeln lag. Sein Kopf hämmerte wie ein Schwarzwälder Sägewerk, und seine Lunge schrie nach einer Kippe.

Schweiß lief in Bächen seinen Körper herunter. Jeder Versuch, sich zu bewegen, schlug fehl. Wer auch immer ihn gefesselt, geknebelt und abgelegt hatte, verstand sein Handwerk.

Langsam gewöhnten sich Kurts Augen an die Dunkelheit, und er konnte schemenhaft Dinge in seiner Umgebung erkennen. Er versuchte sich zu erinnern. Er war den Rumänen aus dem Hotel gefolgt. Velotti hatte noch versucht, ihn zu warnen, als er einen heftigen Schlag gespürt hatte. Ihm war klar, dass die Männer, die er in Velottis Auftrag beobachtet hatte, ihn hierher geschleppt haben mussten.

Plötzlich fiel es ihm wie Schuppen aus den Haaren: Die Bauwagen am Erweiterungsbau der Hochschule!

Dort wurden die Männer zur Arbeit eingesetzt, und dorthin hatten sie ihn verfrachtet.

Besser als tot in einem Taubenschlag, dachte er.

Seine Hoffnung war Velotti. Der konnte ihn doch nicht so einfach aufgegeben haben. Niemals! Velotti würde ihn gewiss suchen und finden.

Nach wie vor schrie seine Lunge nach Nikotin, und sein Herz raste.

Velotti musste sich beeilen.

***

Schon nach zwei Stunden war Bitze klar, dass Hotelportier nicht sein Traumberuf war. Außer den Rumänen hatte er noch keinen einzigen Gast gesehen, obwohl das reichhaltige Frühstücksbuffet schon längere Zeit mit kulinarischen Genüssen lockte. Beim Gedanken an Rührei mit Schinken und einem duftenden schwarzen Kaffee mit einem Schuss Milch lief ihm das Wasser im Mund zusammen

Aber er durfte die Rezeption nicht verlassen.

Müdigkeit machte sich breit.

Aus den Lautsprechern der Lobby sang Elvis leise „Love me tender“. Kein schlechter Song, dachte Bitze, auch wenn er nicht von Supertramp war.

Dann kam einer der Rumänen die Treppe herunter. Es war aber nicht der Wortführer vom frühen Morgen.

Bitze winkte den Mann zum Tresen.

„Ich habe eine Nachricht vom Polizeirevier Bottrop Mitte für den Bautrupp Schibulski. Sie sollen sich dort melden.“

Der Mann sah Bitze verständnislos an.

Anscheinend hatte er ihn nicht verstanden.

„PO-LI-ZEI“, wiederholte Bitze ganz langsam.

Beckbach kam in diesem Augenblick zur Hoteltür herein, und als er die Situation an der Rezeption erfasste, wusste er sofort, was Bitze vorhatte.

Beckbach lächelte. Der alte Fuchs will einen Köder legen, Unruhe und Verunsicherung in der Gruppe schüren. Bei dem Kerl da fängt er an.

Der Rumäne stammelte einige unverständliche Wörter und machte sich auf den Rückweg in die obere Etage.

„Bingo", grinste Beckbach. „Bin gespannt, was als Nächstes passieren wird."

„Ich glaube nicht, dass sie diesen Köder so einfach schlucken, dazu wirkt mir vor allem der Anführer zu clever. Ich vermute eher, dass sie in diesem Moment Schibulski anrufen."

„Aber auch das wird uns weiterbringen", sagte Beckbach. „Davon bin ich überzeugt."

„Ich frage mich immer noch, was uns der Portier mitteilen wollte. Es muss mit dem Hotel zusammenhängen, Becki. Schau dich doch mal um, ob du etwas Verdächtiges entdeckst. Vielleicht fängst du im Keller an."

***

Nach dem Besuch im Hotel hatte Velotti sich in sein verdunkeltes Wohnzimmer gesetzt. Nachdenklich betrachtete er die Figuren auf seinem Schachbrett und dachte an Monique. Mit Bitze hatte er im Hotel nicht gerechnet. Ihm war natürlich klar, dass es dem Kommissar auch um die Rumänen ging.

Velotti biss die Zähne aufeinander.

Sein Plan war doch einfach und genial gewesen. Eins stand für ihn fest: Er wollte nicht als Verlierer vom Platz gehen.

Hatte er auf die falschen Leute gesetzt?

Quast war tot, der Zigarettenkönig verschwunden, und auch Monique, der er eigentlich blind vertraut hatte, meldete sich nicht.

Immerhin hatte er die kleine Ratte Schibulski am Haken. Er wollte dessen Firma. Dann wäre die offene Rechnung mit dem Bau-Mogul endlich beglichen.

Seine Gedanken wanderten um Jahre zurück, als er Schibulski mit diversen Wertpapieren aus der Patsche geholfen hatte. Als der Deal perfekt gemacht werden sollte, hatte Schibulskis Anwalt von Dudenhofen ihn eiskalt ausmanövriert.

Velotti hatte mit leeren Taschen dagestanden.

Er grinste.

Diesem schmierigen Winkeladvokaten hatte er mit Moniques Hilfe bereits eine Lehrstunde erteilt, und jetzt war Schibulski dran.

Doch anscheinend mischten noch andere im Spiel mit.

Außerdem hatte er die Rumänen offenbar falsch eingeschätzt. Die traten auf wie ein Rudel Wölfe auf Beutezug.

***

Im Hotelzimmer der Rumänen herrschte angespannte Stimmung.

In Duriels Kopf arbeitete es. Was wollte die Polizei? Hatte sie jemand beobachtet oder der Polizei einen Hinweis gegeben?

„Was sollen wir jetzt machen?“, fragte Ilie.

„Sei still!“, fauchte Duriel ihn an. „Du hast uns doch den Ärger eingebrockt. Musstest du den Portier denn unbedingt kaltmachen und dann die Leiche in aller Öffentlichkeit präsentieren?“

„Das musst du gerade sagen!“ Ilie spürte aufkommende Wut. Schon lange hatte er von Duriels Machtgehabe genug.

„Was meinst du?“ Duriel baute sich drohend vor Ilie auf.

Ilie hielt dem Blick des stämmigen Hünen stand.

„Du hast doch damit angefangen, Leute zu überfallen, zu bestehlen und zu töten. Du kannst doch nicht aufhören und willst immer mehr!“

Duriels Faustschlag kam schnell und ansatzlos. Wie vom Blitz getroffen fiel Ilie nach hinten und knallte mit dem Hinterkopf gegen die Bettkante. Bewusstlos und aus Nase und Ohr blutend blieb er liegen. Die anderen sahen Duriel erschrocken an und wagten nichts zu sagen.

Duriel nahm das Telefon und wählte Schibulskis Handynummer.

„Wir haben hier ein Problem.“

Als er das Gespräch beendet hatte wandte er sich an seine Männer: „Los, wir fahren zur Firma! Dimitri, du fährst!“

Er warf dem Angesprochenen den Wagenschlüssel zu.

„Und die Polizei?“, fragte ein anderer.

„Darum soll sich der Chef kümmern.“

„Was ist mit Ilie?“

„Lasst ihn liegen. Soll der Verräter doch verrecken!“

Sie liefen die Treppe hinunter und verließen das Hotel, ohne den Mann hinter der Rezeption eines Blickes zu würdigen.

***

Bitze sah die Rumänen die Treppe herunterstürmen.

Da ist aber Alarm im Hafen, dachte er und rief Beckbach an, der gerade in den Keller des Hotels gegangen war.

„So, Becki“, sagte Bitze, als sie gemeinsam in der Lobby standen. „Lass uns mal nachsehen, was die Kameraden auf ihrem Zimmer haben. Er stellte das Schild „Momentan nicht besetzt. Bitte klingeln“ auf den Tresen und machte sich mit Beckbach auf den Weg in die obere Etage. Mit dem Generalschlüssel öffnete er die Tür zu Zimmer 15. Was sie sahen, ließ die Kommissare einen Schritt zurückweichen. Da lag offenbar einer der Rumänen bewusstlos auf dem Boden, und das viele Blut in seinem Gesicht verhieß nichts Gutes.

„Ruf die Rettung, wenn es nicht schon zu spät ist!“

Bitze beugte sich zu dem Bewusstlosen.

Der Atem ging flach, und der Puls war sehr schwach. Aber der Mann lebte.

Doktor Weidenbach brauchte nicht zu kommen.

Spuren eines Kampfes waren nicht zu sehen.

„Wir sollten auf dem Revier Mitte Bescheid geben, dass jemand den Mann ins Krankenhaus begleitet. Er ist vielleicht ein Schlüssel zum Geheimnis dieser Bande“, sagte Bitze und griff zu seinem Handy.

Kurze Zeit später traf der Rettungswagen ein und auch Polizeimeister Hopp und sein Kollege Sing, die Bitze bei dieser Gelegenheit vom Überfall auf den Jeans-Shop am Kirchplatz berichteten.

„Hat euch die Greilo denn nichts gesagt?“, fragte Hopp mit gereiztem Unterton.

„Hat sie“, erwiderte Bitze, „aber wir sind noch nicht dazu gekommen, uns bei euch zu melden. Ihr seht ja, was hier los ist. Kümmert euch bitte darum, dass der Verletzte im Krankenhaus in Sicherheit ist und keinen Besuch bekommt. Meldet euch sofort, wenn er wieder ansprechbar ist.“

Hopp und Sing nickten und folgten der Rettungsmannschaft, die den Mann auf eine Trage gelegt hatte und zum Wagen brachte.

Bitze schaute nachdenklich hinterher.

„Was meinst du, Becki? Haben die Krähen tatsächlich schon angefangen, sich gegenseitig die Augen auszuhacken?“

„Nach einem friedlichen Miteinander sieht das nicht aus. Du scheinst offenbar doch Unruhe in die Gruppe gebracht zu haben.“

„Right, right, you're bloody well right." Nach langer Zeit sang Bitze mal wieder einen Supertramp-Song, und Beckbach verstand, was er damit meinte.

„Dann sollten wir auch gleich zu Schibulski fahren", sagte er. „Wohin sollten die Rumänen sonst so eilig hinwollen?"

Sie schauten sich noch einmal im Zimmer um.

„Was haben wir denn da?", meinte Bitze und zeigte auf eine Jeans und ein T-Shirt. An beiden hingen noch Preisschilder der Boutique am Kirchplatz.

„Das ist ja interessant." Beckbach schaute sich die Kleidungsstücke genauer an.

„Ich glaube, wir wissen nun, wer für die Einbrüche und Überfälle der letzten Wochen in Frage kommt."

„Ruf die Greilo an. Sie soll die Unterlagen über die letzten Taten zusammenstellen", sagte Bitze, als sie im Auto saßen und Richtung Stadtmitte fuhren. „Ich wette, das waren in allen Fällen die Rumänen."

## Der Samstag nach dem 13.

### Am Vormittag

An Tagen wie diesen bereute Gaby Greilo, den Job im Kommissariat Bottrop angenommen zu haben. Früher hatte sie ihren freien Samstag genossen, aber in letzter Zeit kam es immer häufiger vor, dass die Kommissare ihre Mitarbeit auch am Wochenende forderten.

„Wo ich euch gerade an der Strippe habe", sagte sie zu Beckbach, „da hat gerade das Polizeirevier Bottrop Mitte angerufen. Die haben heute früh auf dem Gelände der Hochschule einen Mann aus einem Bauwagen befreit, der darin anscheinend gefangen gehalten wurde. Ein Schäferhund hatte seinen

Herrn auf einem Spaziergang durch Bellen auf den Wagen aufmerksam gemacht. Ratet mal, wem der Bauwagen gehört."

„Mach es doch nicht so spannend." Beckbach reagierte ungeduldig, aber dann machte es bei ihm klick. „Schibulski?"

„Bingo, mein Lieber."

Jetzt machte Gaby Greilo der Job doch wieder Spaß.

„Wohin haben sie den Mann gebracht?"

„Ins Knappschaftskrankenhaus. Er war völlig entkräftet und stammelte immer nur das Wort ‚Rex'. Wahrscheinlich hat er im Koma vom gleichnamigen schwanzwedelnden Kommissar geträumt."

Beckbach musste schmunzeln. „Danke, darum werden wir uns später kümmern, denn da ist ja auch der Typ aus dem Hotel. Die Kollegen Hopp und Sing sind vor Ort und können auch den Rex-Fan im Auge behalten, bis wir da waren."

„Es wird interessant, mein Lieber." Beckbach wandte sich Bitze zu, der gedankenverloren den Wagen durch Bottrop steuerte. „In einem von Schibulskis Bauwagen wurde heute früh ein Mann gefunden, der nicht freiwillig dort war. Er liegt jetzt im Knappschaftskrankenhaus, und wir sollten uns auf jeden Fall später um ihn kümmern. Mir scheint, so werden die einzelnen Schachzüge sichtbar."

„Sieht ganz so aus!" Bitzes Antwort kam leise, denn in Gedanken war er gerade bei Ellen, die er vergebens versucht hatte, am Telefon zu erreichen. Er hatte kein gutes Gefühl, und am liebsten wäre er direkt nach Kirchhellen gefahren.

***

Eine innere Unruhe hatte Horst Schibulski an diesem Morgen befallen. Nachdenklich sah er in den großen Spiegel seines chromblitzenden Badezimmers. Die letzten Jahre hatten deutliche Spuren hinterlassen.

Dabei hatte er allen Grund, zufrieden zu sein. Er hatte sein Unternehmen durch alle Stürme und Widrigkeiten manövriert, und jetzt florierte es wieder.

Das war nicht immer leicht gewesen, aber mit Glück, Geschick und der Hilfe Dritter hatte er es geschafft.

Velotti fiel ihm ein. Er spürte, wie sein Herzschlag sich bei diesem Gedanken beschleunigte. Was hatte Velotti vor, und was sollte seine Drohung vom Vortag?

Schibulski zwang sich zur Ruhe. Sollte der alte Ganove doch kommen. Er würde ihm die Rumänen auf den Hals hetzen.

Ein letzter Blick in den Spiegel, und er verließ das Bad.

Seit dem Tod seiner Frau vor einem Jahr wohnte er allein in seiner Villa am Rande Holthausens.

Im Wohnzimmer standen noch die beiden Sektgläser vom Vorabend auf dem Tisch. Schibulski musste erneut grinsen. Nie hätte er gedacht, dass die toll aussehende, blonde Frau seine Einladung, den Freitagabend mit einem Glas Champagner zu krönen, annehmen würde.

Für einen Moment hatte er sogar gehofft, sie würde die Nacht bei ihm verbringen, aber mit einem sinnlichen Lächeln hatte sie ihm eine gute Nacht gewünscht und war gegangen.

Schibulski nahm immer noch den Duft ihres Parfums im Raum wahr. Er hatte schon nicht mehr daran geglaubt, jemals wieder eine Frau an sich heranzulassen. Zu sehr hatte er an seiner Charlotte gehangen.

Doch Charlotte war tot, und diese Blondine hatte ihn vom ersten Augenblick an verzaubert. Als sie mit den Rumänen sein Büro betreten hatte, war es sofort um ihn geschehen gewesen.

Schibulski hatte nur noch einen Wunsch, und zwar diese Frau zu besitzen.

Doch alle Versuche, ihr näherzukommen, waren vorerst gescheitert. Lange Zeit schien sie wie vom Erdboden verschwunden zu sein.

Umso überraschte war Schibulski gewesen, als sie sich am Vortag gemeldet und auch seine Einladung zum Abendessen ins Charisma angenommen hatte.

Nicht nur das! Sie hatte ihn anschließend sogar in seine Villa begleitet.

Schibulski hatte ihr von seinen Projekten erzählt und sogar seine Auseinandersetzungen mit Aldo Velotti erwähnt.

Wer dieser Velotti sei, wollte sie von ihm wissen, und Schibulski hatte ihr von den Machenschaften des Börsenspekulanten und Kredithais erzählt.

Er hatte schon befürchtet, sie zu langweilen, aber seine blonde Traumfrau hatte interessiert zugehört und immer wieder nachgefragt.

Doch jetzt gab es wichtigere Dinge.

Er zog die Haustür zu, schaltete die Alarmanlage ein und machte sich auf den Weg zur Firma. Der aufgeregte Anruf des Rumänen vom frühen Morgen hatte ihn beunruhigt. Aber in seiner Villa wollte er diese Kerle nicht empfangen.

***

Kippen-Kurt wusste nicht, wie lange er ohne Bewusstsein gelegen hatte. Als er wieder wach wurde, brannten seine Lungen, und der Durst brachte ihn fast um den Verstand. Mit letzter Kraft rief er um Hilfe. Irgendjemand musste doch mal hier vorbeikommen und ihn hören. Plötzlich bellte draußen ein Hund. Seitdem er als Kind von einem Dackel gebissen worden war, hatte Kurt Hunde nie gemocht und sie am liebsten von weitem gesehen. Aber jetzt wünschte er sich nichts sehnlicher, als dass der Vierbeiner jemanden zu seinem Verlies führte.

Das Bellen wurde immer lauter, und dann scharrte etwas an der Tür.

„Hierher Rex!“, befahl eine strenge, laute Stimme.

Geh nicht, Rex! Sei kein braver Hund, flehte Kurt innerlich.

War der Hund noch da?

Kurt schrie erneut um Hilfe.

Keine Reaktion. Nur Totenstille.

„Nein, bitte nicht“, stöhnte Kurt.

Plötzlich hörte er wieder das Scharren, und der Hund begann erneut zu bellen.

Noch einmal nahm Kurt alle Kraft zusammen und schrie.

„Hallo?“, fragte eine Stimme. „Ist da jemand?“

„Bitte helfen Sie mir“, war das Letzte, das Kurt herausbrachte. Dann verlor er das Bewusstsein.

Als er die Augen aufschlug, sah er das Gesicht einer Frau in einem weißen Kittel. „Wo ist Rex?“, murmelte er und schloss die Augen wieder.

***

Zur gleichen Zeit stieg Aldo Velotti in seine Limousine. Die ganze Nacht hatte er damit verbracht, sein weiteres Vorgehen zu planen. Irgendwann hatte er versucht, Monique zu erreichen, aber nur ihre Stimme auf dem Anrufbeantworter gehört. Ihr Verhalten in den letzten Tagen machte ihn zunehmend misstrauischer.

Was war mit ihr los? Führte sie etwas im Schilde?

Fragen, die ihm schon lange durch den Kopf gingen und die er in der nächsten Zeit ebenfalls klären musste, nicht erst seit ihrem Alleingang mit dem Versager Quast.

Doch heute würde er sich zunächst Horst Schibulski vornehmen.

Er packte die vorgefertigten Verträge und seine 38er Magnum, das Edelmodell von Smith & Wesson, in seinen Aktenkoffer. Damit würde er Schibulski bestimmt überzeugen und endlich zu seinen Firmenanteilen kommen.

Im Auto überfiel ihn wieder das Gefühl, beobachtet zu werden. Monique?

Das würde sie nicht tun, ging es ihm durch den Kopf. Aber wenn es jemanden gab, der ihn gut kannte und wusste, wie er dachte und plante, dann war es Monique.

Plötzlich fiel ihm etwas ein.

Eines Abends hatte Monique ihm erzählt, dass sie zunehmend Angst habe. Großzügigerweise hatte er ihr seinen zweiten Revolver gegeben. „Damit bist du auf der sicheren Seite", hatte er lächelnd hinzugefügt.

Jetzt musste er an Quast denken, und ihm wurde klar, dass er damals womöglich einen Fehler gemacht hatte.

Nur nicht die Kontrolle verlieren, dachte er und konzentrierte sich auf sein Treffen mit Schibulski.

***

Von weitem sah Schibulski den Leihwagen der Rumänen vor seiner Firma stehen. Der Mann am Telefon hatte sehr aufgeregt geklungen und etwas von „Polizei" gestammelt. Schibulski konnte sich keinen Reim darauf machen.

Er parkte seinen Wagen und ging zum Eingang.

Langsam öffneten sich die Türen des anderen Fahrzeugs, und vier Männer stiegen aus.

Waren das beim letzten Mal nicht fünf gewesen?, dachte Schibulski.

Den großen, dunkelhaarigen Anführer mit den schwarzen stechenden Augen erkannte er aber sofort wieder.

Schibulski ging lächelnd auf ihn zu.

„Was kann ich für dich tun, mein Freund?“, begrüßte er ihn jovial.

„Spar dir deine dummen Sprüche“, entgegnete Duriel schroff, „sonst wird dir dein blödes Grinsen schnell vergehen.“

Schibulski zuckte zusammen, und sein Lächeln gefror.

Was wird das hier? Er spürte, wie Angst in ihm hochkroch. Sein Gegenüber wirkte alles andere als freundlich. Dabei hatte er den Rumänen doch Arbeit gegeben und sogar den Aufenthalt im Hotel ermöglicht.

Langsam schloss er die Eingangstür auf und ging mit den Männern in sein Büro.

Gerade als er sich in seinen Schreibtischstuhl setzen wollte, baute sich Duriel vor ihm auf und drückte ihn zur Seite. Er gab zwei seiner Leute ein Zeichen, und sie packten sich den übergewichtigen Baulöwen.

„Was hast du der Polizei gesagt?“

Duriels Stimme war messerscharf und drohend.

„Polizei? Ich weiß nicht, was du meinst.“

Schibulski versuchte sich aus dem Griff seiner Widersacher zu befreien. Da klatschte Duriels Hand schon in sein Gesicht und hinterließ einen roten Fleck in Höhe des Jochbeins.

„Versuch erst gar nicht, uns zu belügen.“

„Aber ich habe wirklich nichts gesagt“, jammerte Schibulski.

Wieder traf ihn ein Schlag.

Er begann zu heulen und beteuerte vehement seine Unschuld.

„Fesseln und knebeln!“, kommandierte Duriel. „Dann werden wir uns hier mal umschauen.“

Schibulski versuchte sich zu wehren, doch ein Treffer in die Magengrube brachte ihn zum Schweigen. Schibulski spürte sein Frühstück auf dem Weg nach oben, dann verlor er das Bewusstsein.

Angeekelt sah Duriel, wie sich ein Schwall Mageninhalt auf Schibulskis weißes Hemd ergoss und der Bauunternehmer leblos zusammensackte.

„Lasst ihn liegen und helft mir", befahl er seinen Leuten, und sie begannen, alle Schubladen des Büros auszukippen und den Inhalt zu untersuchen.

Kurz darauf schlug Schibulski die Augen auf. Was hatten die Rumänen vor? Am Vorabend noch schien sein Leben Fahrt aufzunehmen, jetzt fühlte er nur noch Todesangst.

„Ich habe wirklich nichts mit der Polizei zu tun", stammelte er mit brüchiger Stimme

„Halt's Maul!", zischte Duriel und trat drohend vor ihn.

Schibulskis Puls raste. Ihm war, als würde jemand eine Eisenkette um seine Brust legen und sie immer fester zusammenziehen. Er schnappte nach Luft.

Auf einmal sah er eine wunderschöne blonde Frau im Raum, die ihn anlächelte. Er versuchte aufzustehen, um ihr entgegenzugehen, als ihn plötzlich völlige Dunkelheit umfing.

***

Bitze und Beckbach waren zum Knappschaftskrankenhaus gefahren, um den Mann unter die Lupe zu nehmen, der aus Schibulskis Bauwagen befreit worden war. Möglicherweise könnte er ihnen Hinweise auf die Täter geben. Bitze hätte seine alte Pudelmütze darauf verwettet, dass die Rumänen auch hier ihre Finger im Spiel hatten.

Außerdem könnten sie zwei Fliegen mit einer Klappe schlagen, denn der schwerverletzte Rumäne aus dem Hotel lag ebenfalls in dieser Klinik.

Als sie die Station betraten, sahen sie Kommissar Peter Hübner, einen alten Kollegen aus Boy, vor der Tür eines der Zimmer sitzen.

„Wie sieht's aus?", begrüßte Bitze ihn freundlich.
„Alles ruhig. Den Typen da drin hat es ja ziemlich übel erwischt."

Bitze öffnete die Tür und warf einen Blick in das Krankenzimmer. Erinnerungen an Berlin kamen hoch, und ihm fiel ein, dass er unbedingt bei Ellen nachfragen musste, die sich immer noch nicht gemeldet hatte. Zwischen Schläuchen und Apparaten entdeckte er den Mann, den sie im Hotel gefunden hatten.

„Weißt du, wo sie den Verletzten aus dem Bauwagen hingebracht haben?", fragte er Hübner.

„Ins Zimmer gegenüber. So habe ich alles im Blick."

„Dann wollen wir uns den Kameraden auch einmal ansehen", antwortete Bitze und gab Beckbach ein Zeichen.

Sie klopften und öffneten die Tür.

Beckbach staunte nicht schlecht, als er den Patienten erkannte, der dort ziemlich blass im Bett lag.

Bitze bemerkte Beckbachs erstaunte Reaktion.

„Kennst du den Mann?"

„Hallo Herr Kühn", sagte Beckbach nur und trat zum Bett. „So sieht man sich wieder."

„Haben Sie eine Zigarette?", war das Erste, was Kurt herausbrachte. Beckbach musste schmunzeln.

„Sie werden es wohl nicht drangeben, aber es tut mir leid. Weder mein Kollege Bitze noch ich sind Raucher."

Kippen-Kurt grinste trotz seiner Schmerzen.

„Solange der Schlot raucht, ist die Fabrik in Betrieb."

„Würdest du mich mal aufklären, woher ihr euch kennt", schaltete Bitze sich in das Gespräch ein.

„Was heißt kennen ..." Beckbach wandte den Blick von Kurt zu Bitze. „Im Zuge der Ermittlungen haben Ute Schröder und ich Herrn Kühn vor einigen Tagen in seinem Haus besucht, um zu erfahren, ob ihm in der Nachbarschaft etwas aufgefallen war."

„Und, war ihm etwas aufgefallen?“ Bitze sah Kippen-Kurt fragend an.

„Nein“, antworteten Beckbach und Kurt wie aus einem Mund.

„Haben Sie eine Ahnung, wie Sie in den Bauwagen gekommen sind? Wer könnte es auf Sie abgesehen haben?“

„Ich kann mich nur noch erinnern, dass ich abends in Bottrop unterwegs war, um mir Zigaretten zu kaufen. Was dann passierte, weiß ich nicht mehr. Ich habe einen Schlag auf den Hinterkopf bekommen, und als ich wieder wach wurde, lag ich gefesselt und geknebelt im Bauwagen.“

„Und Sie haben wirklich keine Ahnung, wer es auf Sie abgesehen haben könnte?“

Kurt musste lachen.

„Herr Kommissar! Ich und Feinde? Warum sollte ich die denn haben?“

Bitze sah den Mann im Krankenbett eindringlich an.

„Ich frage mich eben, warum Sie jemand grundlos niederschlagen und in einen Bauwagen sperren sollte?“

Beckbach schaltete sich ein: „Bei einem Raubüberfall hätte man Sie niedergeschlagen, ausgeraubt und liegen gelassen.“

„Wissen Sie, was ich glaube?“ Bitze Stimme wurde eine Spur zorniger. „Ich glaube, Sie erzählen uns hier einen vom Pferd und wissen ganz genau, wer Sie dort angegriffen und in den Bauwagen gesperrt hat. Also rücken Sie endlich mit der Wahrheit heraus!“

Beckbach trat ganz nah an das Bett.

„Herr Kühn, Sie wissen aber noch, warum meine Kollegin und ich bei Ihnen waren, und Sie kennen bestimmt auch die Leute, die zu der Zeit in Ihrer Nachbarschaft wohnten. Also erzählen Sie uns endlich, was Sie wissen.“

Kurt konnte seine Aufregung kaum verbergen. Die bekannten Bottroper Kommissare an seinem Bett, und er veranstaltete ein Spielchen mit ihnen.

Velotti hätte seine Freude, dachte er.

Da fiel ihm ein, dass Velotti sich bisher überhaupt nicht um ihn gekümmert hatte. Bestimmt hatte er Wichtigeres zu erledigen und würde sich bald melden.

„Tut mir leid", Kurt setzte sein unschuldigstes Gesicht auf, „ich fürchte, ich kann Ihnen nicht helfen."

„Sollte Ihnen doch etwas einfallen, dann geben Sie uns Bescheid." Bitze schüttelte verärgert den Kopf. „Aber Sie sollten mal darüber nachdenken, wie knapp Sie gerade dem Tod von der Schippe gesprungen sind. Vielleicht beflügelt das Ihr Gedächtnis."

Die beiden Kommissare verließen das Zimmer und sahen nicht das Grinsen auf Kurts Gesicht.

Vor der Tür sagte Bitze zu Beckbach: „Dieser Helge-Schneider-Verschnitt weiß entweder wirklich nichts, oder er ist ein leichtsinniger Vollidiot. Mit solchen Möchtegern-Detektiven habe ich schon mehrfach zu tun gehabt, und es ist nie gut ausgegangen. Halten sich für die hellste Kerze am Leuchter, haben aber nur einen ganz kurzen Docht."

„Du meinst, er weiß was?"

„Klar! Warum sollte er sonst im Bauwagen landen, wenn er nicht irgendwelchen Leuten im Weg gestanden hat? Der spielt ein gefährliches Spiel, der Junge, und ich hoffe, er beginnt irgendwann sein Gehirn einzuschalten und sagt uns, was wirklich passiert ist."

„Wollten wir nicht zu Schibulski?"

Beckbach riss Bitze aus seinen lauten Überlegungen.

„Lass uns vorher kurz bei Ellen vorbeifahren. So langsam kommt es mir seltsam vor, dass sie sich nicht meldet. Schibulski wird uns schon nicht weglaufen."

## Der Samstag nach dem 13.

### Es wird Mittag

Velotti wunderte sich, dass die Tür zu Schibulskis Gebäude offen stand, als er seinen Wagen auf dem Besucherparkplatz abstellte.

Lauernd schaute er sich nach allen Seiten um, aber da war nichts, und bis auf Schibulski Wagen stand kein anderes Fahrzeug auf dem Parkplatz.

Auf jeden Fall hockt der Alte in seinem Büro, dachte Velotti, als er das Gebäude betrat. Ein eigenartiger Geruch stieg ihm in die Nase, und er zögerte einen Moment. Seine Alarmglocken schrillten, aber er wollte und musste die Sache jetzt zu Ende bringen.

Die Tür zu Schibulskis Büro stand einen Spalt offen.

„Schibulski?“

Velotti ging einen Schritt weiter. Langsam stieß er die Tür mit dem Fuß auf. Was er dann sah, ließ seinen Atem stocken.

Schibulski hing zusammengesunken in seinem Schreibtischsessel. Sein weißes Hemd war voller Erbrochenem, und vor seinen Füßen breitete sich eine große, stinkende Pfütze aus.

Velotti musste nicht zweimal hinsehen, um zu erkennen, dass Schibulski tot war.

Er spürte einen Anflug von Panik.

Im Büro des Bauunternehmers sah es aus, als hätte eine Bombe eingeschlagen. Kein Gegenstand stand mehr an seinem Ort, und der Boden war mit Papieren übersät.

An dem dicken Bauunternehmer konnte er auf den ersten Blick keine Spuren von Gewaltanwendung erkennen.

„Verfluchter Mist“, sagte Velotti leise zu sich selbst. Jetzt war endgültig klar, dass andere die Regie in seinem üblen Spiel übernehmen wollten.

Aber wer?

In diesem Augenblick spürte er einen Luftzug im Rücken. Langsam drehte er sich um und sah Monique Lacroix in der Tür stehen.

„Was hast du mit Schibulski gemacht?“

Ihre Stimme klang vorwurfsvoll.

Velottis Augen verengten sich zu noch schmaleren Schlitzen.

„Du hier? Seit Tagen versuche ich, dich zu erreichen. Was ist das für ein Spielchen, Chérie? Du weißt doch genau so gut wie ich, dass ich das hier nicht angerichtet habe.“

Monique lächelte.

„Ich weiß nur, was ich sehe, und das bist du vor einem Toten, der nicht dein bester Freund war.“

Sie nahm ihr Handy aus der Tasche, und ehe Velotti reagieren konnte, hatte sie schon ein Foto gemacht.

„Was soll das?“

Velotti machte einen Schritt nach vorn.

„Überleg dir gut, was du tust.“ Moniques Stimme klang wie das Zischen einer Schlange. „Du glaubst doch wohl nicht im Ernst, dass ich allein hier bin.“

Velotti zögerte.

Er fixierte Monique mit einem dunklen Blick.

„Ist das der Dank für alles, was ich für dich getan habe?“

Monique lachte laut auf.

„Dank, was heißt schon Dank? Habe ich für dich nicht immer alles erledigt, was du wolltest? Dir die Leute so ans Messer geliefert, damit du sie ausnehmen konntest wie einen Fisch?“

Für einige Sekunden standen Monique und Velotti sich lauernd gegenüber. „Gardé cherie“, flüsterte sie.

Was ist, wenn sie blufft und niemand bei ihr ist, dachte Velotti und tastete nach der Waffe in seiner Jacke.

„Vergiss es!“, sagte Monique und schnippte mit den Fingern. Sofort erschien ein Mann im Türrahmen, den Velotti kannte.

Es war einer aus dem rumänischen Bautrupp.

Velottis Augen flackerten. So lief das Spiel also.

Monique hatte es geschafft, die Männer auf ihre Seite zu ziehen. Über das Wie wollte er nicht nachdenken. Die Waffe in der Hand des Mannes sprach eine eindeutige Sprache.

„Soll ich ihn gleich umlegen?“

Velotti spürte, wie seine Kehle trocken wurde. Seine Gedanken rasten.

Monique lächelte.

Das Spiel schien ihr zu gefallen.

Sie war bisher immer das Objekt der Begierde und der Köder in Velottis Spielchen gewesen.

Jetzt war sie am Zug.

„Das kannst du nicht machen.“ Velotti sah sie flehentlich an. „Denk doch an die guten Zeiten, die wir hatten.“

„Halt die Klappe, sonst bringen wir es gleich zu Ende.“

Dabei warf sie dem Rumänen einen kurzen Blick zu.

Der machte einen raschen Schritt auf Velotti zu und stand drohend vor ihm.

Ich hätte dich genauso wie deinen unverschämten Kumpel ersäufen sollen, ging es Velotti durch den Kopf. Doch jetzt war es zu spät.

Das Blatt hatte sich gewendet. Die Dame war im Vorteil.

Noch einmal flehte er Monique an: „Sag mir, was du willst! Du sollst es bekommen.“

Monique schüttelte den Kopf, und geradezu lasziv spielte sie dabei mit ihren langen blonden Haaren, die Velotti so geliebt hatte.

„Ich habe alles, was ich wollte. Mir fehlt nur noch dein Geld, mein Lieber, und du kannst dir jetzt überlegen, ob du das hier unterschreibst oder dir eine Kugel einfängst."

Dabei hielt sie ihm ein Schriftstück unter die Nase. Eine Vollmacht über alle seine Konten.

Velotti las und lachte. „Niemals, du Miststück!"

Der Rumäne zielte, schoss, und Velotti spürte den Luftzug der Kugel an seinem Ohr.

„Unterschreib, oder der nächste Schuss geht ins Knie."

Monique stand drohend vor ihm.

Plötzlich sprang Velotti vor, packte sich Monique und registrierte den verblüfften Blick des Rumänen, der keinerlei Reaktion zeigte.

„So, mein Engel!", zischte Velotti. „Jetzt sag dem Kerl, er soll die Waffe hergeben, bevor er dir noch in dein süßes Knie schießt."

Monique spürte Velottis festen Griff, der ihr langsam die Luft zum Atmen nahm.

„Schieb deine Knarre zu mir rüber, sonst breche ich ihr ihren hübschen Hals."

Monique nickte.

„Nun mach schon!" Velottis Stimme wurde drohender, und sein Arm schloss sich noch fester um Moniques Hals.

Duriel zögerte. Im Moment blieb ihm keine andere Wahl, langsam schob er die Waffe seinem Kontrahenten zu.

Mit einem gezielten Fußtritt beförderte Velotti die Waffe in die hinterste Ecke des Raumes.

Duriel sah, wie Velotti seinerseits einen Revolver aus seiner Tasche zog und an Moniques Schläfe hielt.

Velottis Gedanken überschlugen sich.

Monique hatte ihn hintergangen und betrogen.

Irgendwie hatte er es geahnt, aber nicht wahrhaben wollen.

Er hatte die Rumänen nach Bottrop geholt, um mit ihrer Hilfe Schibulski zu erledigen und dann seinen Laden zu übernehmen.

Schibulski hatten sie tatsächlich fertiggemacht, aber nicht so, wie er sich das vorgestellt hatte.

Jetzt musste er zusehen, wie er sie wieder loswurde.

Und nicht nur die Rumänen, sondern auch Monique.

Monique! Wie er sie so als Schutzschild vor sich fühlte, wurde ihm klar, wie viel sie ihm eigentlich bedeutete. Er hätte nie gedacht, dass sie so ein hinterhältiges Miststück war.

Velotti schüttelte die Gedanken ab.

Er zielte auf den Rumänen, dessen Blick ihn bestimmt auf der Stelle getötet hätte, wenn so etwas möglich wäre.

„Los! In die Ecke!“, befahl er seinem Gegenüber.

Langsam schob er sich mit Monique zur Tür und ließ den Rumänen nicht einen Moment aus den Augen.

Duriel beobachtete jede Bewegung Velottis und sah aus wie ein Raubtier auf dem Sprung. Kurz bevor Velotti die Tür erreichte, gab er Monique einen Stoß, und sie stürzte stolpernd in den Raum, direkt in die Arme des Rumänen.

Schnell verschloss Velotti die Tür und drehte den Schlüssel um.

Draußen war weit und breit niemand zu sehen. Anscheinend hatte sich der Rest der Rumänenbande wieder auf den Weg ins Hotel gemacht.

Nachdem er sich noch einmal versichert hatte, dass das Gebäude verschlossen war, stieg er in seinen Wagen und fuhr davon.

Jetzt war es an der Zeit, auch mit dem Rest der Rumänen aufzuräumen.

Zügig steuerte er den Wagen durch den Vormittagsverkehr Richtung Arcadia Hotel. Hätte er sich noch einmal umgedreht, wäre ihm das Fahrzeug mit Düsseldorfer Kennzeichen aufgefallen, das vor Schibulskis Gebäude stoppte.

Zwei muskulöse Gestalten stiegen aus und liefen Richtung Eingang.

***

Bitze fuhr nach Kirchhellen.

Es beunruhigte ihn, dass Ellen sich seit dem frühen Morgen nicht mehr gemeldet hatte.

Beckbach registrierte die Sorge und Unruhe seines Freundes und Kollegen.

„Es wird schon alles in Ordnung sein. Sie hat sich bestimmt schon in der Dienststelle gemeldet. Ich frage gleich mal bei Gaby nach."

Doch auch in der Dienststelle hatte niemand etwas von Ellen gehört.

Bitze machte sich Vorwürfe. Er hätte Ellen in ihrem Zustand niemals ohne Betreuung lassen sollen. Es wäre ein Leichtes gewesen, Grete Vonhoff um Hilfe zu bitten. Doch er hatte Ellen allein gelassen.

Bitze hatte plötzlich das Gefühl, mal wieder alles falsch zu machen. Erinnerungen holten ihn ein. War daran nicht auch seine Ehe mit Rebekka zerbrochen?

Dabei war er sich sicher gewesen, die gleichen Fehler nicht wieder zu begehen.

Endlich erreichten sie sein Bauernhaus.

Rick und Roger, die beiden altmärkischen Kaltblüter, schauten kurz auf und grasten dann weiter.

Alles wirkte ruhig und friedlich.

Bitze zögerte einen Moment und stieg aus dem Panda.

„Was ist los?“, fragte Beckbach.

„Ich weiß nicht, was es ist, aber ich habe ein ungutes Gefühl.“

Zügig gingen die beiden zur schweren Eingangstür.

Sie war zu, aber nicht abgeschlossen.

„Hier stimmt was nicht.“

Bitze öffnete langsam die Tür.

„Ellen?“

Keine Antwort.

Sie durchquerten die Diele und kamen in den großen Wohnraum. Ellen war nirgendwo zu sehen.

„Wahrscheinlich ist sie oben in ihrem Arbeitszimmer.“ Beckbach versuchte seinen Kollegen zu beruhigen, der immer nervöser wurde.

Sie stiegen die geschwungene Treppe zum Obergeschoss hinauf.

Die Tür zu Ellens Arbeitszimmer war einen Spaltbreit offen. Bitze sah den flimmernden Monitor ihres Computers. Hatte sie etwa auf eigene Faust Nachforschungen angestellt?

In einer Ecke stand der Rollstuhl. Ohne Ellen.

Hektisch durchsuchte Bitze die übrigen Räume.

„Sie ist nicht da“, murmelte er verzweifelt.

„Ruf mal deine Nachbarin an. Vielleicht weiß sie, wo Ellen ist“, versuchte Beckbach ihn zu beruhigen. Bitze wählte Grete Vonhoffs Nummer. Er ließ lange durchklingeln, aber sie schien nicht zu Hause zu sein.

Beckbach hatte sich in der Zwischenzeit umgesehen. Nichts deutete auf einen Grund für das Verschwinden von Ellen hin.

Wo steckst du nur, Frau Schrader?, fragte sich Bitze und dachte daran, wie sie schon einmal verschwunden gewesen war und er sie aus den Fängen der russischen Mafia hatte befreien müssen.

***

Velotti betrat zum zweiten Mal innerhalb kürzester Zeit die Lobby des Arcadia Hotels.

Beim ersten Mal war Hauptkommissar Bitze überraschend an der Rezeption aufgetaucht und hatte seine Pläne durchkreuzt.

Velotti erkannte jetzt die junge Hotelangestellte sofort wieder, die neben Bitze hinter der Rezeption gestanden hatte.

Auch Sandra Pietsch erkannte ihn. Sie bekam Angst, denn dieses Mal waren die beiden Kommissare nicht in der Nähe. Doch sie riss sich zusammen und begrüßte den Gast mit einem professionellen Lächeln.

Velotti redete nicht lange um den heißen Brei herum.

„Sind die Rumänen da?"

Sandra Pietsch nickte, und Velotti ging mit schnellen Schritten nach oben.

Sandra wählte Bitzes Nummer.

„Der Mann mit den dunklen Augen ist wieder ins Hotel gekommen und nach oben zum Zimmer der Bauarbeiter gegangen", berichtete sie hastig.

***

Ratlos stand Bitze mit Beckbach in der Diele des Bauernhauses.

Beckbach spürte, dass Bitze Verzweiflung überkam.

„Los, Udo. Es wird sich sicherlich alles aufklären, und wir werden bald wissen, wo Ellen steckt."

Bitzes Handy klingelte. Ob das Ellen war?

Es war Sandra Pietsch, die Empfangsdame aus dem Arcadia.

„Gut, unternehmen Sie weiter nichts. Wir kommen sofort."

Beckbach schaute ihn fragend an.

„Der Typ aus dem Hotel, den Ellen aufspüren sollte, ist dort wieder aufgetaucht, und Frau Pietsch hat Angst. Sie meint, er wäre jetzt oben bei Schibulskis rumänischen Hilfskräften."

„Wir fahren sofort zum Hotel, aber Gaby Greilo soll die Kliniken der Umgebung abtelefonieren. Es könnte ja durchaus sein, dass Ellen einen Rückfall hatte und den Notruf gewählt hat."

Bitze startete den Wagen.

***

Velotti betrat das Zimmer der Rumänen, ohne anzuklopfen. Erschrocken blickten die drei Männer auf. Sie wussten sofort, wer in ihr Zimmer gestürmt kam. Es war der Mann, der sie vor langer Zeit in ihrer Heimat besucht und dann mit nach Bottrop genommen hatte.

Aber warum kam er ohne Duriel?

„Hört mir jetzt genau zu!" Velotti fixierte die Rumänen mit seinen stechenden Augen. „Entweder ihr macht ab sofort nur noch das, was ich sage, oder ich lege euch um."

Dabei zog er seinen Revolver und richtete ihn auf die Rumänen.

„Ich weiß nicht, welches Spiel euer Anführer spielt, aber ab sofort gelten wieder meine Regeln."

Die Männer verstanden nicht genau, was von ihnen verlangt wurde, aber sie schauten ängstlich immer wieder zur Waffe in Velottis Hand.

„Was du wollen?", fragte einer in gebrochenem Deutsch.

„Los! Aufstehen!", herrschte Velotti die Männer an.

Wenig später saßen sie in Velottis Wagen und ließen eine erstaunte Sandra Pietsch zurück, die nur froh war, dass die Männer das Hotel verlassen hatten.

Als Bitze und Beckbach kurz danach eintrafen, konnte sie den Kommissaren nur noch sagen, dass keiner der Männer mehr im Hause war.

„Melden Sie sich sofort, wenn auch nur einer von ihnen hier wieder auftaucht“, trug Bitze ihr auf und machte sich mit Beckbach auf den Weg.

Jetzt war es höchste Zeit, bei Schibulski nachzufragen.

***

Als Bitze und Beckbach Schibulskis Firma erreichten, fiel ihnen sofort auf, dass die Eingangstür offen stand. Schibulskis Wagen stand auf dem Parkplatz.

„Der Fuchs ist in seinem Bau“, meinte Beckbach.

Als sie die Eingangshalle beraten stieg ihnen ein penetranter Geruch in die Nase.

„Verstopfte Toilette?“

Beckbach sah Bitze fragend an.

Je näher sie Schibulskis Büro kamen, desto intensiver wurde der Gestank. Auch hier stand die Tür offen.

Beckbach schob sie auf, und sie sahen den toten, von oben bis unten besudelten Baulöwen in seinem Sessel.

„Der kann uns nichts mehr sagen“, stellte Bitze lakonisch fest und wählte Weidenbachs Nummer. Dies war jetzt ein Fall für Spurensicherung und Rechtsmedizin.

Plötzlich hörten sie ein Wimmern hinten aus dem Büro.

„Wen haben wir denn da?“

Am Boden saß ein geknebelter Mann, der mit den Händen an die Heizung gekettet war. Wütend starrte er die beiden Kommissare an.

Bitze sah Beckbach an, und ihm wurde klar, was dieser dachte: Ein Rumäne kommt selten allein.

Dies war Nummer zwei, dem es nur bedingt besser ging als dem Landsmann im Krankenhaus.

Wie war der Mann hierhergekommen, und was hatte er mit Schibulskis Ableben zu tun?

„Warst du das?“, fragte Bitze den Mann und machte eine Kopfbewegung Richtung Schibulskis Leiche, wobei er den Knebel aus dem Mund des Mannes zog.

Der Rumäne atmete tief durch, schwieg aber beharrlich.

„Dann eben nicht“, meinte Bitze und rief die Kollegen Hopp und Sing an, die den Mann in Gewahrsam nehmen würden.

Wenige Minuten später trafen die Leute der Spurensicherung ein und auch Doktor Weidenbach, der kopfschüttelnd die Kommissare begrüßte: „In letzter Zeit meint ihr es aber gut mit mir. Denkt wohl, ich hätte sonst nichts zu tun.“

Beckbach sah Bitze an. So verzweifelt und ratlos hatte er seinen Freund und Kollegen lange nicht erlebt.

Bitze machte ihm große Sorgen. Es musste etwas passieren, und zwar bald!

Auch den Kollegen Hopp und Sing fiel die trübe Stimmung auf, die Bitze verbreitete, und sie beeilten sich, den festgenommenen Mann abzuführen.

„Wir sperren ihn erst mal weg, und dann könnt ihr euch später um ihn kümmern“, sagten sie zu Beckbach, der ihnen in kurzen Worten die Situation erläutert hatte.

„Komm, Udo, lass uns ins Präsidium fahren. Vielleicht hat Gaby in der Zwischenzeit etwas von Ellen gehört.“

Bitze nickte stumm und folgte Beckbach zum Wagen.

***

Velotti saß mit den Rumänen in seinem verdunkelten Wohnzimmer und dachte nach. Seine Gegnerin hatte ihr wahres Gesicht gezeigt, und auch wenn sich alles in ihm dagegen sträubte, blieb ihm nur noch eins: Monique Lacroix, die einzige Frau, die er je richtig geliebt, sogar vergöttert hatte, musste sterben!

Die Rumänen hockten auf dem Sofa und beobachteten Velotti. Ihnen war klar, dass nur über diesen Mann ihr Weg zurück in die Heimat führte. Deshalb würden sie alles tun, was er von ihnen verlangte.

Velotti überlegte. Welchen Zug plante Monique als Nächstes? Ich hätte beide umlegen sollen, dachte er und beschloss, dies bei der nächsten Gelegenheit zu tun.

Ihm war klar, dass Monique so schnell nicht aufgeben würde. Sie kannte ihn zu gut und wusste meist, was er plante.

Deshalb brauchte er die Rumänen, denn die hatte Monique sicher nicht auf dem Schirm.

Plötzlich wusste er, was er tun würde. Schibulski war tot, das war offensichtlich. Also war es an der Zeit, seiner schmucken Hütte draußen am Stadtrand einen Besuch abzustatten. Mal sehen, was es da noch zu holen gab.

Er gab den Rumänen ein Zeichen, aufzustehen.

„Zeit für eine kleine Spritztour", sagte er und erntete nur verständnislose Blicke.

Für einen Moment dachte er darüber nach, es ohne die Rumänen durchzuziehen, aber eventuell brauchte er die Männer doch noch. Also verfrachtete er sie in seinen Wagen und fuhr los Richtung Holthausen.

## Der Samstag nach dem 13.

### Später Nachmittag

Bitze und Beckbach saßen im Präsidium und betrachteten ihre große Tafel, auf der sie versuchten, die bisherigen Erkenntnisse zu ordnen.

„Langsam lichtet sich das Feld", meinte Beckbach.

Gaby Greilo schaute zur Tür herein.

„Wenn die Herren nichts dagegen haben, würde ich jetzt gerne gehen. Es tut mir leid, dass ich keine guten Nachrichten für Sie habe, Herr Bitze, aber es gab keine Neuaufnahmen in den Krankenhäusern Bottrops."

Bitze blickte nur kurz auf, und Gaby Greilo beeilte sich, das Büro zu verlassen.

„Dreamer", Bitzes Klingelton, durchbrach den Moment der Stille. Seine Mutter war am anderen Ende.

Oh nein, dachte Bitze, denn ein Gespräch mit seiner alten Dame konnte er im Moment überhaupt nicht gebrauchen.

„Hör zu, Mutter, das ist gerade ganz schlecht, ich melde mich, sobald ich kann."

„Ich will dich auch nicht lange stören, aber deine Ellen hat mich gerade angerufen."

„Was sagst du da?" Bitzes Stimme wurde lauter. „Wo ist sie, was ist da los, nun sag schon, Mutter!"

„Beruhige dich, Junge. Sie ist im St. Barbara-Hospital in Gladbeck und hat versucht, dich zu erreichen. Sie hatte einen Schwächeanfall, und der Rettungswagen hat sie nach Gladbeck gebracht. Konntest du denn nicht besser auf sie aufpassen?"

Bitze saß regungslos da und fasste sich in den Nacken.

„Was ist los?" Beckbach runzelte die Stirn.

„Ellen ist in Gladbeck im Krankenhaus. Ich muss da hin."

„Ich komme mit.“ Beckbach reichte Bitze die Jacke, und sie beeilten sich, zum Panda zu kommen.

„Wieso denn nach Gladbeck?“ Beckbach schüttelte verständnislos den Kopf. „Wir haben doch das Klinikum hier in Bottrop.“

„Keine Ahnung, aber das ist mir auch Hupe. Hauptsache, sie lebt und ist halbwegs wohlauf. Ich weiß nicht, was ich getan hätte, wenn ihr etwas zugestoßen wäre.“

Tausend Gedanken gingen Bitze durch den Kopf, als er sich mit seinem Panda durch den dichten Verkehr Richtung Gladbeck wühlte.

„Wenn das hier vorbei ist, werde ich mir eine Auszeit nehmen, bis es Ellen wieder richtig gut geht. Da kannst du einen drauf lassen, Becki.“

Endlich erreichten sie die Barbarastraße in Gladbeck und hatten Glück, einen Parkplatz direkt vor dem Hospital zu finden.

Beckbach wartete im Wagen und sah Bitze nach, der die Treppen zum Eingang hinaufhechtete.

Ellen Schrader lag in einem Zimmer der neurologischen Abteilung und machte auf Bitze einen müden, aber dennoch stabilen Eindruck. Er stand vor ihrem Bett und brachte kein Wort heraus. Ellen Schrader unterbrach den stillen Moment, der Bitze im Unterbewusstsein an die melancholische Grundstimmung von Supertramps „Downstream“ erinnerte.

„Ich kann dir nicht sagen, was da los war. Ich saß vor meinem PC und hatte gerade herausgefunden, wer der Mann war, den du suchst. Plötzlich begann der Bildschirm sich aufzulösen, und ich konnte nichts mehr erkennen. Ich schaffte es noch, einen Notruf zu senden, und als ich wieder aufwachte, war ich hier.“

„Warum hast du mich nicht angerufen? Ich habe mir solche Sorgen gemacht, vor allem als ich unser Haus leer vorfand.“

Ellen Schrader sah ihn lächelnd an. „Ich habe es mehrfach versucht, und als du nicht reagiert hast, begann ich ebenfalls, mir Sorgen zu machen, ob alles in Ordnung war, oder ob du in Schwierigkeiten stecktest. Da blieb mir nur noch deine Mutter, und in diesem Fall war das gut so."

Bitze nickte und dachte darüber nach, wie oft er schon Anrufe seiner Mutter nicht beachtet hatte.

„Übrigens", fuhr Ellen Schrader fort, „der Mann, den du suchst, heißt Aldo Velotti."

„Velotti", murmelte Bitze, „Velotti. Jetzt fällt es mir wieder ein. Meistens, wenn es in den letzten Jahren um große Geldgeschäfte ging, hatte Velotti seine Finger im Spiel. Auch wenn es in diesen Geschäften nicht immer legal zuging, war es Velotti meistens gelungen, seine Haut rechtzeitig zu retten. Wenn ich mich recht erinnere, hat er vor gar nicht langer Zeit von Dudenhofen derbe reingelegt, woraufhin dieser seine Kanzlei schließen musste. Wir waren nicht böse drum, oder?"

Ein Arzt betrat das Zimmer und wies Bitze darauf hin, dass die Patientin jetzt unbedingt Ruhe brauchte.

Ellen ergriff Bitzes Hand. „Es ist alles gut. Konzentriert euch auf Velotti. Wahrscheinlich hatte er mit Schibulski etwas vor."

Bitze nickte.

Er wollte Ellen nicht mit zusätzlichen Informationen belasten. Auf jeden Fall wusste er nun, mit wem er es zu tun hatte. Diese Information brachte sie ein Stück weiter.

Zärtlich küsste er Ellen auf die Stirn, die die Augen geschlossen hatte. „Alles wird gut", flüsterte er und verließ leise das Zimmer.

„Ihre Lebensgefährtin braucht jetzt Ruhe", klärte ihn der Arzt auf, der vor der Zimmertür auf ihn wartete. „Wahrscheinlich hat sie die Folgen ihrer Schussverletzung unterschätzt."

„Nicht nur sie", führte Bitze kleinlaut an.

Er reichte dem Mediziner für alle Fälle seine Karte, und wenig später fuhr er mit Beckbach zurück nach Bottrop.

***

Ungefähr zu dieser Zeit erreichte Velotti mit den Rumänen Schibulskis Villa in Holthausen, dem schmucken Ortsteil in der Nähe Kirchhellens.

Ein Grinsen umspielte seine Mundwinkel, als er daran dachte, wie Schibulski ihm stolz sein nobles Heim vorgeführt und ihm dabei groß und breit erklärt hatte, mit welcher Art Alarmanlage dieses Luxusobjekt ausgestattet war. Um diese auszuschalten, müssten sie in die Garage. Mühelos ließ sich das Tor öffnen.

An der falschen Stelle gespart, dachte Velotti und gab den Rumänen ein Zeichen, ihm zu folgen.

Velotti fand den Sicherungskasten sofort wieder und wandte sich an die Rumänen: „Kennt sich einer von euch damit aus?“ Auf keinen Fall durften sie den Hauptschalter bedienen, dann wäre alles aus.

Eugen löste sich aus der Gruppe und inspizierte den Kasten. Vor gar nicht langer Zeit hatte er in einem Bautrupp in Rumänien gearbeitet, der Häuser hochrangiger Politiker gebaut hatte, die auch mit Alarmanlagen ausgerüstet worden waren.

Vorsichtig nahm er eine Sicherung und drehte sie aus der Fassung.

„Bist du sicher?“, fragte Velotti.

Eugen nickte.

Sie verließen die Garage und schlossen das Tor wieder.

„Wir gehen durch den Garten“, befahl Velotti, und die Männer folgten ihm. Das Öffnen der Terrassentür war ein Leichtes, und als sie im Haus standen, ohne ein Geräusch verursacht zu haben, wussten sie, dass Eugen die richtige Sicherung erwischt hatte.

Im großen Flur hing das überdimensionale Ölgemälde von Schibulskis geliebter Ehefrau Charlotte.

Velotti hatte sie nie gemocht, aber das hatte auf Gegenseitigkeit beruht. Jetzt war ihm das aber völlig egal, denn es ging um das, was sich dahinter verbarg.

Velotti nahm langsam das Bild von der Wand.

„Da ist ja das gute Stück", murmelte er und betrachtete zufrieden Schibulskis Tresor. Der gefiel ihm tausendmal besser als die affektierte Unternehmerwitwe auf dem Bild. Er warf einen Blick auf das Zahlenschloss und dachte kurz nach.

Velotti konnte sich noch gut an die pompöse Hochzeitsfeier der Schibulskis am 30. April 1975 erinnern. Kurz zuvor hatte er Schibulski auf der Rennbahn kennengelernt und schnell das Vertrauen des Bauunternehmers gewonnen.

Langsam gab Velotti die Zahlen 3041975 am Tresorschloss ein, und schon öffnete sich die Tür.

„Bingo!" Er warf den Rumänen einen zufriedenen Blick zu und inspizierte den Inhalt.

„Schaut nach, ob ihr im Haus eine Tasche findet", wies er die Männer an. Kurz danach kamen sie mit einer kleinen Aktentasche zurück.

Velotti begann den Inhalt des Tresors in die Tasche zu stecken. Plötzlich stutzte er.

War da eine Autotür ins Schloss gefallen?

Velotti gab den anderen ein Zeichen, und sie gingen zum Fenster, das zur Straße führte. Sie sahen eine blonde Frau, die aus einem Auto stieg. Hinter der Frau entdeckten sie zwei Männer, die sie vorher allerdings noch nie gesehen hatten. Langsam gingen die drei Personen zur Eingangstür.

„Könnt ihr was sehen?", fragte Velotti, aber die Rumänen antworteten nicht.

***

Bitze drehte das Autoradio voll auf und sang „Take the long way home“ lauthals mit. Er hatte sich lange nicht mehr so wohlgefühlt, und endlich sah er Licht am Ende des Tunnels.

Beckbach war froh, als sie schließlich Bottrop erreichten, denn Bitzes Gesang war schon gewöhnungsbedürftig. Zügig gingen sie in dessen Büro.

„Wir sollten noch einmal zu Schibulskis Laden fahren.“ Beckbach betrachtete die Fotos an ihrer großen Pinnwand. „Vielleicht haben wir etwas übersehen oder finden einen Hinweis, der uns weiterbringt.“

„Du hast recht“, pflichtete Bitze bei, „Velotti hatte oft mit Schibulski zu tun. Komm, wir fahren hin.“

Die Staatsanwaltschaft Recklinghausen hatte das Gebäude des Unternehmers versiegeln lassen, und Bitze sah Beckbach kopfschüttelnd an.

„Was soll das denn, Becki?“

„Keine Ahnung. Hier war wahrscheinlich ein ganz gewissenhafter Kollege am Werk. Könnte unser Freund Kahr-Nickel gewesen sein.

Kurze Zeit später standen sie in Schibulskis Büro. Der tote Bau-Mogul lag sicherlich bereits auf Doktor Weidenbachs Tisch, und nur die übel riechende Pfütze zeugte noch vom Geschehen des Vormittags.

Zeit für den Tatortreiniger, dachte Bitze.

Aber jetzt galt seine Aufmerksamkeit den Schränken.

Plötzlich klingelte das Telefon auf dem Schreibtisch.

Bitze sah Beckbach kurz an und nahm den Hörer ab.

„Ja, bitte“, sagte er höflich.

„Wer ist denn da?“, hörte er eine weibliche Stimme. „Könnte ich bitte Herrn Schibulski sprechen?“

„Hauptkommissar Bitze, Bottrop. Was kann ich für Sie tun?“

Für einen Moment schwieg die Frau am Telefon, und Bitze fürchtete schon, sie könnte auflegen.

„Martha Schmallock, ich bin eine Nachbarin von Herrn Schibulski, und ich glaube, da ist jemand in seinem Haus. Er ist heute schon sehr früh losgefahren, und sein Auto ist nicht da. Holthausener Straße 44. Irgendwas stimmt da nicht.“

„Bleiben Sie, wo Sie sind, und unternehmen Sie nichts, wir kümmern uns sofort darum. Danke für den Hinweis.“

Bitze legte auf und wählte die Nummer der Wache Boy. Der Kollege Hubrich war auch gleich am Apparat.

„Wir haben einen Einbruch in der Villa Schibulski, Holthausener Straße. Die Täter sind am Ort. Verständigt auch die Kollegen vom Revier Mitte. Sie sollen ihren Diensthundeführer mitbringen. Fahrt ohne Sondersignale und umstellt das Haus. Unternehmt aber nichts, bis wir vor Ort sind.“

„Wenn da nicht Leute am Werk sind, die heute auch schon hier waren, fresse ich einen Besen mit Stiel.“

Beckbach ging Richtung Tür.

Bitze folgte ihm und meinte lachend: „Manchmal hat eine *Neighborhood watch* auch was Gutes, obwohl mir neugierige Nachbarn sonst eher ein Dorn im Auge sind.“

***

Velotti grinste zufrieden. Der Tresor enthielt mehr, als er erwartet hatte. Allem Anschein nach hatte Schibulski keinem Kreditunternehmen vertraut und sein Bargeld hier gelagert. Es lag wohlgeordnet neben den Aktien und Wertpapieren.

Velotti hätte trotzdem lieber das komplette Geschäft mit Schibulski gemacht. Aber um dessen Firma würde er sich später kümmern. Zunächst musste er die Rumänen loswerden. Da fiel ihm auf, dass etwas anders war.

Von den drei Männern war nur noch einer im Raum.

„Wo sind deine Kollegen?“, fauchte Velotti.

Der Rumäne zuckte die Schultern.

„Ich nix wissen“, stammelte er.

In diesem Augenblick stürmten zwei Männer in den Raum, die Velotti nicht kannte. Die Waffen in ihren Händen kannte er aber genau, zwei Bushmaster Schnellfeuergewehre.

„Lass die Tasche fallen, und nimm die Hände hoch!“, forderte ihn einer der beiden auf, ein Hüne von einem Mann, der Prototyp des ‚Defensive Tackles‘ eines American Football Teams.

Hinter den Männern stand Monique Lacroix, flankiert von den beiden Rumänen.

So läuft das also, schoss es Velotti durch den Kopf, der aus den Augenwinkeln beobachtete, dass auch der dritte Rumäne zu Monique hinüberging.

Langsam glitt die Tasche mit dem kostbaren Inhalt zu Boden. Velotti schätzte seine Chancen ein und kam zu dem niederschmetternden Ergebnis, dass diese gleich null waren.

Spiel verloren, over and out, dachte er und lächelte Monique an.

„Glückwunsch, meine Liebe. Scheinbar habe ich dich die ganze Zeit unterschätzt.“

Die letzten Jahre seines Lebens liefen wie ein Film an ihm vorbei, und er sah sich und Monique, wie sie den Club Flamingo verließen und eine sehr glückliche und erfolgreiche Zeit miteinander begannen.

Für Monique scheinbar nicht erfolgreich genug.

Sie schien Velottis Gedanken zu erraten und lächelte zurück. „Schachmatt, mein Lieber. Hier endet unsere Zeit, aber vor allem deine Zeit! Erinnerst du dich an unseren Trip nach

Puerto Rico? Damals habe ich mir geschworen, dorthin zurückzukehren. Ohne dich. Jetzt ist es so weit. Wenn ich heute Abend im Flieger sitze, bist du Vergangenheit."

„Soll ich ihn umlegen?"

Der Defensive Tackle grinste breit.

Velotti begann zu schwitzen. Gerade noch hatte er sich als Sieger gefühlt. Flehentlich sah er Monique an.

„Das kannst du nicht machen! Bitte lass mich leben. Du kannst alles von mir haben. Das weißt du doch. Wir waren doch immer ein tolles Team."

Monique lachte. „Spar dir dein Gejammer. Ich brauche dich nicht mehr."

„Da kommen Autos", unterbrach sie einer der Rumänen.

Alle drehten sich zur Fensterfront um, und Velotti sprang mit einem lauten Schrei der Verzweiflung den Hünen an. Der taumelte zur Seite, und Velotti stürzte sich auf ihn. Die Schüsse aus dem Gewehr des anderen Mannes nahm er gar nicht wahr, nur den stechenden Schmerz, der ihm durch den Rücken fuhr.

Aus weiter Ferne hörte er die Stimme der Frau, die er einmal so geliebt hatte.

„Nehmt die Tasche, und dann raus hier!"

Danach wurde es dunkel um ihn.

***

POK Hubrich fuhr an der Spitze der Kolonne und sah eine Frau und zwei Männer, die aus der Villa liefen und in einer Limousine davonfuhren.

Hinter ihnen kamen die Kollegen der Wache Mitte.

Wie besprochen, umstellten sie das Gebäude und warteten auf Bitze und Beckbach.

Die Kommissare trafen kurz danach ein. Bitzes Panda hatte eine ungeahnte Schnelligkeit entwickelt.

Hubrich berichtete von seiner Beobachtung.

Bitze zögerte keinen Moment.

„Wir gehen rein. Zugriff!“

Von allen Seiten schloss sich der Kreis um das Haus. Bitze und Beckbach betraten es durch die offene Eingangstür. Niemand war zu sehen. Nach allen Seiten absichernd, gingen sie ins Innere. Aus einem Zimmer vor ihnen drang ein Stöhnen.

Auf dem Boden lag ein Mann, der aus einer großen Wunde am Rücken blutete. Sein Gesicht war schmerzverzerrt.

Es war Aldo Velotti.

Die anderen Beamten hatten in der Zwischenzeit den Rest des Hauses durchkämmt.

„Hier ist niemand mehr“, berichtete Hubrich.

„Hundeführer Ugsten hat flüchtige Personen im Feld hinter der Villa ausgemacht und mit seinem Hund und zwei weiteren Kollegen die Verfolgung aufgenommen.“

Bitze kniete neben Velotti, während Beckbach einen Rettungswagen anforderte.

Der Mann atmete röchelnd, und eine große Blutlache breitete sich aus. Hinter ihm lag das Gemälde einer Frau, und die Safetür an der Wand stand offen.

Bitze war klar, dass Velotti überrascht worden war. Nur von wem? Wer war noch übrig im Spiel?

Bitze beugte sich dicht über Velotti, der ein Wort flüsterte: „Monique.“

Endlich kam der Rettungswagen.

Der Notarzt verzog bedenklich das Gesicht und leitete erste Maßnahmen ein.

„Das sieht eher schlecht aus. Wir bringen ihn ins Knappschaftskrankenhaus.“

„Da sind es dann schon drei“, stellte Beckbach fest.

„Kommt mal nach hinten!“, rief POK Hubrich. „Da haben wir was für euch.“

Vor der Terrassentür stand Kollege Ugsten mit seinem vierbeinigen Mitarbeiter Arko und drei düster dreinblickenden Männern.

„Nehmt sie mit! Wir kümmern uns später um sie.“

So haben wir auf jeden Fall die Einbrecherbande, dachte Bitze und erhoffte sich nähere Einzelheiten von den Männern zu erfahren. Das Diebesgut hatten sie bereits im Hotel sichergestellt.

„Schicke Hütte“, meinte Beckbach, nachdem sie das Haus durchsucht hatten.

„Ich weiß nicht. Mein altes Bauerhaus ist mir schon lieber. Vor allem wenn Ellen endlich wieder richtig gesund ist und wir gemeinsam bei einer Flasche Potts ‚Downstream‘ hören.“ Ein Lächeln umspielte Bitzes Lippen.

## Der Samstagabend

Nachdem die Kollegen von der Spurensicherung eingetroffen waren, beschlossen Bitze und Beckbach, ins Präsidium zu fahren. Obwohl es bereits Abend war, wollten sie die Fakten noch einmal durchgehen. Bei einer Tasse Kaffee betrachteten sie die Bilder an ihrer Pinnwand.

„Was für eine Geschichte!“ Beckbach schüttelte den Kopf.

Bitze nahm Velottis Bild in die Hand.

„Der Hauptdarsteller des Spiels, der am Ende Fehler gemacht hat.“

„Oder falschen Freunden vertraute.“

„Du meinst der falschen Freundin, denn es war ihr Name, den er genannt hat.“

Beckbach nahm das Bild der blonden Frau.

„Monique La Croix sollten wir zur Fahndung ausschreiben. Sie ist die einzige Figur, die uns aus dem üblen Spiel noch fehlt. Von ihr wissen wir wenig.“

Beckbach sah Bitzes nachdenkliches Gesicht.

„Irgendwie waren wir in diesem Spiel immer einen Zug zu spät.“

„Gehören aber zu den Gewinnern, Udo.“ Beckbach versuchte, ihn fröhlicher zu stimmen.

Beide wussten, dass nur die Männer im Krankenhaus ihnen bei der endgültigen Klärung helfen könnten.

Sie hofften, dass Velotti überleben würde.

Zunächst wollten sie aber einen freien Sonntag genießen, den Bitze für einen längeren Besuch bei Ellen Schrader nutzen würde.

„Hast du schon Pläne für den Sonntag, Becki?“, fragte Bitze.

Beckbach schmunzelte.

Bitze bemerkte es sofort. „Muss ich da etwas wissen?“, fragte er und zwinkerte dem Kollegen zu.

„Nenn es kollegiale Hilfe. Die geht auch mit dem Fahrrad quer durch Kirchhellen. Aber keine Bange. Wir werden euch nicht stören.“

Bitze verstand und freute sich für seinen Kollegen.

Beckbach schüttelte den Kopf. „Wenn es was Wichtiges mitzuteilen gibt, wirst du der Erste sein, der es erfährt.“

Bitze verstand und spürte, dass es für den Augenblick besser war, nicht weiter zu fragen. Er hatte in der kurzen Zeit aber auch einen sehr positiven Eindruck von Ute Schröder bekommen und gönnte seinem Kollegen das Glück.

Zur gleichen Zeit bestieg Monique La Croix einen Flieger nach Mexiko City, um von da aus weiter nach Puerto Rico zu fliegen. In der Hand hielt sie eine große Aktentasche, die sie nie loslassen würde.

Sie dachte darüber nach, wie sie mit viel Glück der Polizei entkommen war. Arjen und Wim, ihre holländischen Freunde, hatte sie fürstlich belohnt. Vor ihrer Abreise nach Holland hatten beide ihr versichert, jederzeit für sie da zu sein. Aber Monique hatte lächelnd erwidert, jetzt alleine zurechtzukommen. Danach war sie noch kurz in Velottis Wohnung gefahren. Sein Schachbrett stand auf einem kleinen Tisch im Wohnzimmer. Monique betrachtete es mit Abscheu. Noch immer kam eine rasende Wut in ihr hoch, wenn sie darüber nachdachte, dass eine Schachpartie über ihr Schicksal entschieden hatte. Das würde ihr nie wieder passieren. Sie holte einen Hammer aus dem Küchenschrank und zerschlug Velottis Spiel.

Zufrieden lehnte sich zurück in den Sitz des Flugzeugs. Sie hatte gewonnen.

## Aus und vorbei am Sonntag

Bitze und Beckbach trafen zeitgleich im Knappschaftskrankenhaus ein. Der diensthabende Oberarzt erwartete sie bereits. Leider hatte er keine gute Nachricht, denn Aldo Velotti war in der Nacht an den Folgen seiner schweren Schussverletzung gestorben.

Doch auf dem Flur trafen sie Kippen-Kurt, der gerade im Begriff war, das Krankenhaus zu verlassen.

„Ach, Herr Kühn, schön, dass es Ihnen wieder gut geht“, begrüßte ihn Beckbach.

Kühn schien die beiden Kommissare gar nicht wahrzunehmen und blickte nur kurz auf.

„Wir hätten da noch eine Frage.“ Bitze stellte sich direkt vor Kühn. „Sagt Ihnen der Name Aldo Velotti etwas?“

Bitze bemerkte das Flackern in Kühns Augen.

Treffer, dachte er.

„Vor Aldo Velotti brauchen Sie aber keine Angst mehr zu haben, denn er ist in der Nacht gestorben.“

„Wer ist Velotti?“ Kühn machte auf ahnungslos.

„Hören Sie auf, Kühn, Sie wissen mehr, als Sie sagen.“

„Ich weiß gar nichts! Dürfte ich jetzt bitte nach Hause gehen.“

Beckbach nahm Bitze zur Seite. „Lass ihn.“ Er wandte sich an Kühn: „Gut, Herr Kühn, dann wünsche ich Ihnen weiterhin gute Besserung, und wenn Ihnen noch etwas einfällt, melden Sie sich bei uns.“

„Der verarscht uns, das spüre ich, Becki.“

„Was willst du machen? Wenn er nichts sagen will, können wir ihn nicht zwingen. Außerdem glaube ich, dass er eine kleine Rolle in diesem Spiel hatte.“

„Die ihn beinahe das Leben gekostet hätte. Ich hoffe, er denkt darüber nach.“

Bei den Rumänen hatten die Kommissare mehr Glück.

Der Mann, den sie in Schibulskis Büro festgenommen hatten, schwieg beharrlich. Der schwerverletzte Kollege im Krankenhaus war immer noch nicht vernehmungsfähig. Aber die drei Männer aus der Villa packten aus.

Nach einer Stunde Vernehmung wussten Bitze und Beckbach alles. Angefangen vom ersten Treffen mit Velotti in Rumänien bis hin zu Velottis Auftauchen im Arcadia Hotel. Anfangs waren sie noch sechs Männer gewesen. Aber Adrian war plötzlich verschwunden, als sie schon in Bottrop waren.

Stenkhofbad, dachte Bitze.

Dazwischen lagen die Ermordungen von Hanno Quast und des Portiers, die auch auf das Konto der Bande gingen.

„Meinst du, die Männer haben die Wahrheit gesagt, oder wollen sie nur ihre Haut retten?"

Bitze schaute zu Beckbach, der seine Unterlagen überprüfte.

„Es wird so gewesen sein, wie sie es ausgesagt haben. Der Typ aus Schibulskis Büro war definitiv der Anführer der Bande. Er hatte auch den direkten Kontakt zur La Croix."

Bitze nickte. „Aber darum wird sich die Staatsanwaltschaft kümmern. Für uns ist der Fall erledigt, Becki. Heute Nachmittag kann ich Ellen aus dem Krankenhaus abholen, und dann ist erst mal Erholung angesagt."

Bitze war so glücklich wie lange nicht mehr. Ellen Schrader saß neben ihm im Auto und lächelte ihn an.

Sie freuten sich auf ihren Hof in Kirchhellen, und Bitze hatte versprochen, sich zunächst nur um Ellens Wohl zu kümmern. Langsam bogen sie in die Einfahrt ein. Die beiden Altmärker auf der Wiese wieherten, und die untergehende Sonne warf ein warmes Licht.

Im Autoradio gab es die neuesten Nachrichten. Ein Flugzeug war auf dem Weg von Mexiko City nach Puerto Rico in die Karibik gestürzt und hatte dabei 144 Passagiere mit in den Tod gerissen.

Bitze und Schrader hörten die Nachricht, aber in Anbetracht der Tatsache, dass Ellen wieder zu Hause war, nahmen sie sie nicht wahr.

Sie freuten sich auf den ersten gemeinsamen Abend nach langer Zeit.

## Dank

Ein ganz lieber Dank gebührt meinem Freund Reinhard Köster für die Durchsicht und hilfreiche Überarbeitung des Romans und meinem Freund Michael Kuchenbecker für alle polizeilich-relevanten Tipps.

**Der gepflegte Tod**
Bitze und Schrader ermitteln in Bottrop
Ruhrgebiets-Krimi
Juli 2014
ISBN 978-3-89841-741-7
Broschur, 159 Seiten
12,80 Euro

„Caretaker", eine dubiose Pflegeorganisation in Bottrop, hat es auf das Vermögen alter Menschen abgesehen. Mit Pflegekräften aus Polen wittern die Hintermänner das Geschäft ihres Lebens und nehmen dabei auch den Tod ihrer Patienten durch unterlassene Hilfeleistung billigend in Kauf.
Als zwei Rentner in ihrem Taubenschlag die Leiche eines alten Mannes entdecken, der von "Caretaker" betreut wurde, ruft das Hauptkommissar Bitze und Staatsanwältin Schrader von der Bottroper Mordkommission auf den Plan. Doch mit ihrer Ermittlungsarbeit bringen sie nicht nur die Pflegerinnen, sondern auch Leute aus den eigenen Reihen in Gefahr ...

**Bottrop kocht noch**
Ruhrgebiets-Krimi
Mai 2013
ISBN 978-3-89841-706-8
Broschur, 172 Seiten
12,80 Euro

Truckerfahrer Köhne weiß nicht, was auf ihn zukommt, als er die Anhalterin Raisa auf seinem Weg nach Amsterdam mitnimmt. Sie scheint vor etwas zu flüchten, und Köhne fühlt sich berufen, der hübschen Frau zu helfen – doch nach einer romantischen Nacht ist sie spurlos verschwunden. Als eine junge Frau aus dem Milieu ermordet aufgefunden wird, ruft das Hauptkommissar Udo Bitze und Staatsanwältin Ellen Schrader auf den Plan.
Bitze und Schrader machen sich auf die Suche nach den Drahtziehern, die die osteuropäischen Frauen in die Nachtklubs der Stadt verschleppen. Doch der Hauptkommissar begeht einen entscheidenden Fehler, und plötzlich ist auch die Staatsanwältin in allerhöchster Gefahr ...